家康（六）
小牧・長久手の戦い

安部龍太郎

幻冬舎時代小説文庫

家康㈥

小牧・長久手の戦い

第五巻までのあらすじ

律令制という理想にひた走ってきた信長。しかし、方々で生じた軋轢は、本能寺の変という形で噴出した。変を知った家康は命からがら三河に帰還する。一方で、大返しをやってのけ、天下取りへの野心を露わにする秀吉。盟友・信長亡きあと、四十一歳の家康は自らの使命と向き合っていくこととなる。

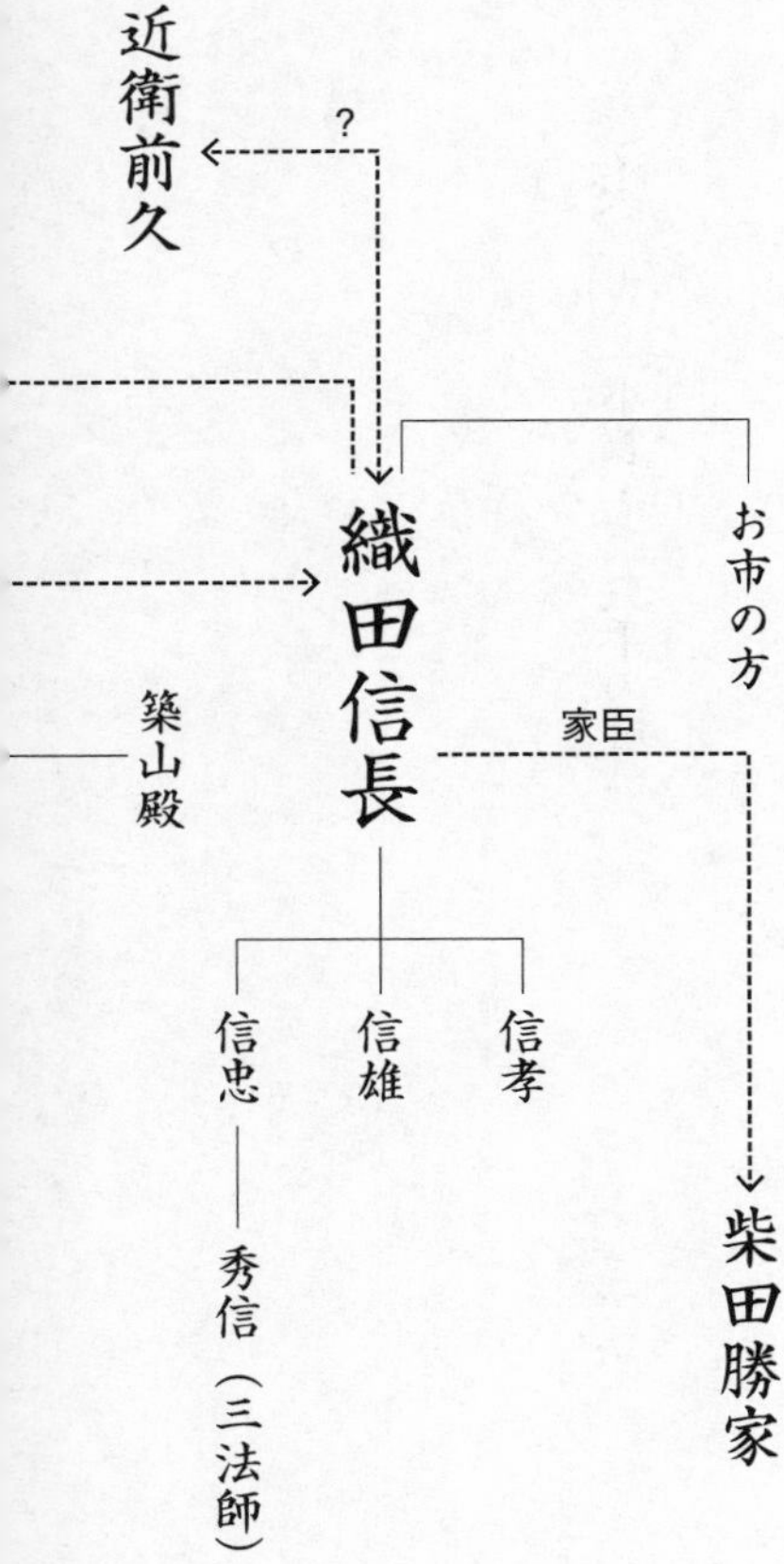

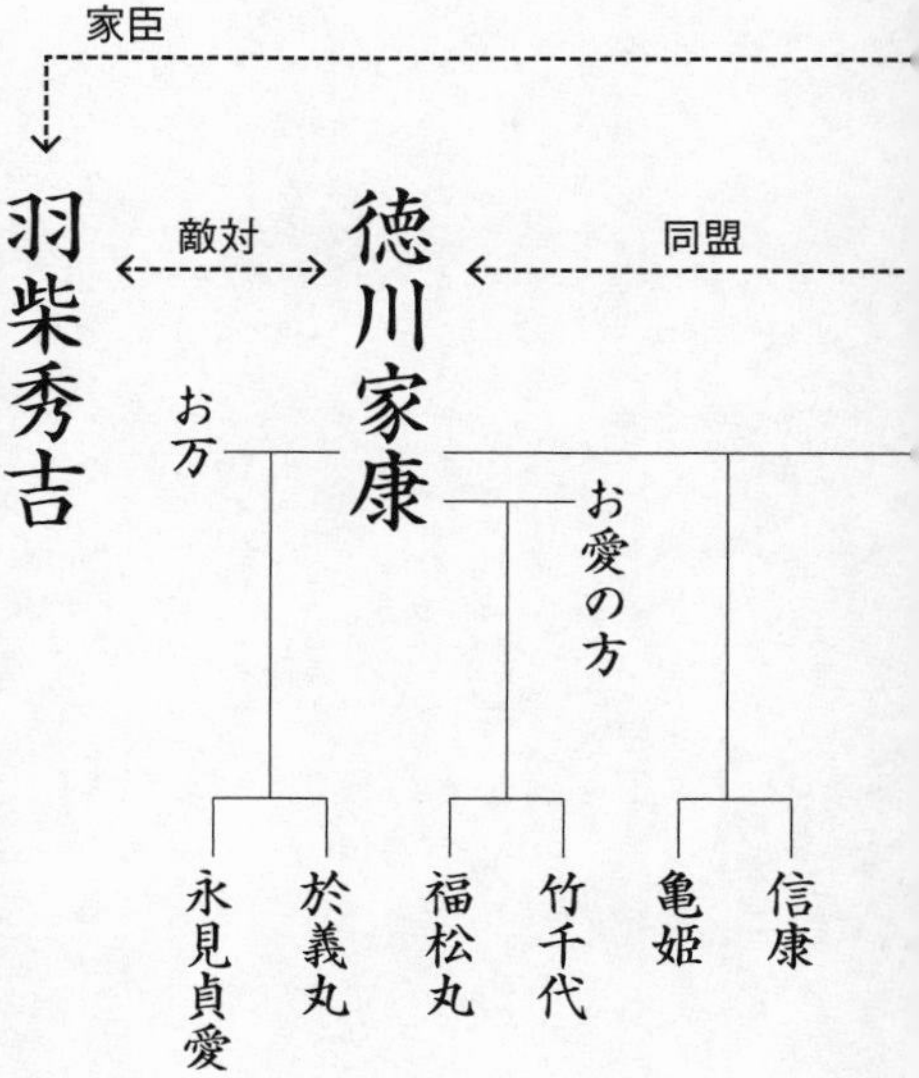

家康重臣

酒井忠次
石川数正
本多正信
平岩親吉
鳥居元忠

松平康忠
服部半蔵
本多忠勝
榊原康政
井伊直政

目次

第一章

変の真相

天正十年（一五八二年）、本能寺の変以後の勢力図

甲州口《こうしゅう》に大久保忠世《おおくぼただよ》、石川家成《いしかわいえなり》らの軍勢四千。

下伊那口《しもいな》に酒井忠次《さかいただつぐ》、奥平信昌《おくだいらのぶまさ》らの三千。

そして浜松城《はままつ》に八千の本隊を集め、家康《いえやす》は出陣の機会をじっと待っていた。

気になるのは畿内《きない》の情勢である。

織田《おだ》家の結束が保たれればいいが、重臣たちが今後の方針をめぐって対立し、合戦に及んだりすれば状況はがらりと変わるので、うかつに動くことはできなかった。

しかし、信濃《しなの》のことも気にかかる。

ぐずぐずしていては上杉《うえすぎ》が北から、北条《ほうじょう》が東から兵を進め、武田《たけだ》の遺臣たちを取り込んで両国を切り取っていく。

そうなれば甲府《こうふ》にいる康高《やすたか》や小諸《こもろ》城にいる依田信蕃《よだのぶしげ》は、敵中に孤立して退却できなくなるおそれがあった。

薄氷を踏む思いで知らせを待っていると、六月二十七日の夜に伴与七郎《ばんよしちろう》の配下が徳川《とくがわ》家の旗を背負った使い番の姿で駆け込んできた。

「申し上げます。本日清洲《きよす》城で織田家の跡目についての評定《ひょうじょう》があり、三法師《さんぼうし》（秀信《ひでのぶ》）さまに決まりました」

それを一刻も早く知らせるために、清洲からの三十里（約百二十キロ）の道を駆け通してきたのだった。

「そうか。争いなく決まったのだな」

「評定には羽柴《はしば》さま、柴田《しばた》さま、丹羽《にわ》さま、池田《いけだ》さまが出席され、羽柴さまが終始優位だったそうでございます」

秀吉《ひでよし》には明智光秀《あけちみつひで》を討って信長《のぶなが》の仇《あだ》を報じた大功がある。丹羽長秀《ながひで》や池田恒興《つねおき》とは山崎《やまざき》の戦いで行動を共にしたので、気心も知れている。

一人だけ蚊帳《かや》の外におかれた観のある柴田勝家《かついえ》は、織田信孝《のぶたか》を後継者に推すことで主導権を握ろうとしたが、信忠《のぶただ》の嫡子《ちゃくし》である三法師を推した三人に抗しきれなかったのだった。

「それで所領の分配は」

「次の通りでございます」

与七郎から預かった書状を示した。

走り書きの筆致で、信雄《のぶかつ》、伊勢《いせ》と尾張《おわり》。信孝、美濃《みの》などと記されている。

秀吉の養子の秀勝《ひでかつ》（信長四男）は丹波国《たんばのくに》。勝家は越前国《えちぜんのくに》と北近江《きたおうみ》の三郡。長秀は若狭国《わかさのくに》と近江の二郡。恒興は摂津《せつつ》の三郡。

そして秀吉には旧来の播磨《はりま》、但馬《たじま》に加え、河内国《かわちのくに》と山城国《やましろのくに》が与えられた。

丹波も実質的には秀吉に属しているので、一躍五ヶ国を領する大守になったのである。

「また旧武田領の処遇は、三河守《みかわのかみ》さまに一任することも決まりました。これは羽柴さまの口利きによるものでございます」

「与七郎はどうした」

「詳しく見届けてから報告に上がると申しておりました」

「よく知らせてくれた。粥《かゆ》でも食べてゆっくり休め」

家康はさっそく忠世と忠次のもとに使い番を走らせ、明日にも国境《くにざかい》を越えて進攻するように命じた。

家康の本隊八千は、浜松城内の各所に屯して出陣の下知《げじ》を待っている。

騎馬はおよそ五百。

四肢たくましい馬を厩《うまや》につなぎ、移動にそなえて飼葉を少し減らしている。馬体が重いと足に負担をかけるからである。

鳥居元忠《とりいもとただ》が鍛え上げた鉄砲隊も五百。

一千の槍隊《やり》を前後に従え、弾込めの時間を確保する戦法を取ることにしているが、槍の長さは二間《けん》（約三・六メートル）におさえてあった。

信長が用いた三間半の長槍は、桶狭間《おけはざま》の戦いのような特殊な地形や、広大な平地での野戦には有効だが、槍が重いので長行軍には不向きである。

それに少数の敵を追って森の中に分け入っていくような戦い方もできない。そこで短めの槍を用い、足軽の力量を上げることによって補うことにしたのだった。

将兵たちは刀や槍に磨《と》ぎを入れ弓の弦を油で磨いて、静かにその時を待っている。生死の境に飛び込む重圧と緊張が次第に高まり、城内の空気がぴんと張り詰めていた。

家康はまだ出ない。

織田家の結束が保たれていることは分かったものの、第一報だけでは心許《こころもと》ないので、与七郎のもどりを待って確実なところを知りたかった。

これも戦いである。

早く出るべきではないかという迷いをねじ伏せながら、じっと知らせを待っていると、麻の単衣をまとった於大《おだい》の方《かた》が訪ねてきた。

「いい鮎《あゆ》が届いたので、食べてもらおうと思って」

笹の葉を敷きつめた籠《かご》をさし出した。
三、四寸（九～十二センチ）の鮎が十尾ほど入っている。塩焼きで食べるには、これくらいが一番旨《うま》いのである。
「そういえば、そんな季節でしたね」

家康は変の対応に忙殺され、まわりに目を向ける余裕さえ失っていた。

「そうですよ。一緒に囲炉裏を囲みたいのに、ちっとも声をかけてくれないから」

「すみません。上様のことはお聞きになったでしょう」

「もちろん聞きました。いつかはこんなことが起きるのではないかと、私は前々から思っておりました」

於大の方は太った体をぺたりと床にすえ、悟りすましたようなことを言った。

「それは、どうしてでしょうか」

「急ぎ過ぎておられたからですよ。闇夜に突っ走るような生き方をすれば、何かにつまずくに決まっています」

「あなたのお爺《じい》さまの清康《きよやす》公がそうでした。急ぎに急いで三河《みかわ》の統一を成し遂げられたものの、信頼していた家臣に裏切られて命を落とされたではありませんか」

「………」

世に言う森山崩《もりやまくず》れである。

清康は三河を統一した勢いに乗って尾張の織田信秀《のぶひで》を討とうとしたが、家臣の阿《あ》部《べ》正豊《まさとよ》に陣中で斬殺された。わずか二十五歳の若さだった。

「その頃には、母上はまだ父上に嫁いでおられないでしょう」

「そりゃあそうですよ。まだ七つか八つだったのですから」

しかし清康は於大の母親である源応院《げんおういん》を略奪するように後添いにしていたので、斬殺されたいきさつは緒川《おがわ》城にも詳細に伝わったのだった。

「それにあなたの父親も、岩松八弥《いわまつはちや》に斬り殺されて清康公と同じ道をたどられました。ですから信長公が討たれたと聞いた時、あなたも生きてはおられまいと覚悟いたしました」

「ところがこうして、無事にもどりました」

「それが何よりの親孝行です。きっとご先祖さまのご加護があったのでしょう。しかし万一ということもありますから、あなたが討たれたなら徳川家をどうすればいいかと、ずいぶん気を揉《も》みました」

「それは……」

伊賀《いが》越えの最中に、家康も何度か考えたことだった。

「於義丸《おぎまる》（秀康《ひでやす》）は九つ、長松《ちょうまつ》（秀忠《ひでただ》）は四つ、福松丸《ふくまつまる》（忠吉《ただよし》）は三つでしたね」

「ええ、そうです」

「そろそろ後継ぎを定めた方がいいのではありませんか」

「そのことなら考えています。ご心配いただかなくて結構です」

「ご不快かもしれませんが、こんなことを言えるのは私しかいないので心を鬼にしているのです。あなたに不慮のことがあれば、残された者がどんなに困るか分かるでしょう。あらかじめ備えておくのが、主君としての務めではないのですか」

信長と信忠の急死によって、織田家では跡目をめぐる重臣たちの争いが起こっている。

家康が斃《たお》れたなら、徳川家も同じことになりかねなかった。

「歳《とし》からいえば於義丸にすべきでしょう。武将の才にも恵まれているようではありませんか」

「会われたのですか。於義丸に」

「宇布見《うぶみ》村（浜松市西区雄踏《ゆうとう》町）の屋敷を訪ねました。於義丸は孫ですし、お万《まん》は可愛い姪《めい》ですから」

「………………」

「お万を正室に直し、於義丸を後継ぎと定めたらどうですか。それなら皆が納得するはずです」

「お万がそう言ったのですか」

家康は腹立ちまぎれにうかつなことを口走った。

お万がそんな人間ではないことは知っているが、於大の押し付けがましい態度に業を煮やしたのだった。

「まあ、お万に頼まれて私がこんなことを言っていると思っているのですか」

「いえ、そうではありませんが」

「相変わらず了見の狭いお方だこと。女心というものが、まるで分かっておられない」

於大が勝ち誇ったように、お歯黒の口でにっと笑った。

「お万は於義丸を立派に育てることしか眼中にありません。あなたから授かった宝物だからと、それはそれは大切にしています」

「分かりました。この鮎をいただきながら、ゆっくり考えてみることにします」

「そうしなさい。鮎は先を占う魚ですから」

家康は囲炉裏で鮎を焼き、一人で酒を飲みながら心の内を占ってみた。

於大が言うことも分からないではないが、於義丸を後継ぎにすることには何故か抵抗がある。その理由がどこにあるのか、自分でもつかみかねていた。

それにお市《いち》を正妻にすると、信長と約束したのである。

伊賀越えの途中でお市のもとに使者を送り、「いつか木高きかげを見るべき」の歌を添えたのは、信長が斃れても約束は忘れてはいないと伝えるためだった。

七月一日の夕方、待望の知らせがあった。

伴与七郎と音阿弥《おとあみ》が連れ立ってやって来たのである。

「織田家の跡目については、先日お知らせした通りに落着いたしました」

与七郎はすでに五十を超えている。長駆の移動はさすがに応《こた》えるのか、頬がそげ落ち疲れた顔をしていた。

「茶など出そう。しばし待て」

家康は康忠《やすただ》に点前《てまえ》の仕度をさせ、その間に本多正信《ほんだまさのぶ》を呼んだ。

二人の報告に立ち会ってもらい、後で意見を聞くつもりだった。

「ほほう。茶席に呼んでいただくとは、望外の幸せ」

正信は与七郎と音阿弥に軽く頭を下げ、末席に神妙に腰を下ろした。

早点ての薄茶を呑《の》み、与七郎が改めて報告に移った。

「清洲での評定は表面的には円満に終わりましたが、信孝さまや柴田どのには大きな不満が残ったようでございます」

信孝は山崎の戦いで明智勢を打ち破った功労者である。それなのに美濃一国しか得られなかった。

一方の勝家は北近江十二万石の加増に終わり、織田家中での主導権を秀吉に握られて、面目を潰された形になっている。

こうした不満を持つ二人が接近し、信雄や秀吉に対抗しようとしているのだった。

「この対立を丸く治めようと、羽柴どのは何かと気を遣っておられます。そのひとつが三法師さまを岐阜《ぎふ》城に入れ、信孝さまを後見役にされたことでございます」

三法師はまだ三歳である。

織田家の後継ぎとなって安土《あづち》城を与えられたが、城は放火されて天主閣が焼け落ちている。

それを修復するまでの間、三法師を岐阜城においておくことにした訳だが、これは信孝に後継ぎの後見役という立場を与えて懐柔するための策だった。

「なるほど。秀吉どのらしい才覚だな」

家康には秀吉の本音が透けて見えた。

当主の後見役だから、信孝の自尊心は大いに満たされるだろう。その地位を利用して織田家を意のままにできると思うかもしれない。

だが三法師は安土城の修復が終われば岐阜城を出るのだから、その夢は半年か一年で終わる。その間信孝を黙らせるために飴を与えたようなものだった。

「して、柴田どのには」

どのような調略を仕掛けたか気になった。

「お市の方さまとの婚礼を勧められたそうでございます」

「お、お市どのだと」

「羽柴どのが根回しをし、すでに信孝さまや柴田どのの同意を取り付けておられるようでございます」

「お市どのは、承知されたのか」

「まだ分かりませんが、信孝さまが説得役を買って出られたとか」

（あの野郎）

家康は秀吉の猿面を真っ向から叩き斬ってやりたくなった。

家康とお市の方が三日夜の契りを結んだことは、信長と数人の側近しか知らないはずである。だが秀吉は、安土城に入れた密偵からの報告によって、そのことを察知したにちがいない。

もしこの結婚が実現したなら、織田家の実権を握ろうとしている秀吉にとって大きな脅威になる。

なぜなら家康は織田家の連枝衆《れんし》（一門）になり、信雄や信孝と並ぶ発言力を持つからだ。

そうなれば家臣に過ぎない秀吉にはどうすることも出来なくなる。

しかし、今のうちにお市と勝家の縁談をまとめ上げれば、家康に付け入る隙を与えないばかりか、勝家に恩を売ることもできる。

秀吉はそう考えたにちがいない。どこまでも知恵の回る、したたかな男だった。

（お市は今、どこにいるのだろう）

そういえば伊賀越えの途中で蒲生《がもう》父子につかわした山中賢定《やまなかかたさだ》は、もどって来ないままである。

家康はそう思ったが、お市のことだけをしつこくたずねるのもはばかりがあった。

「それから大返《おおがえ》しの件ですが」

「大返し？」

「山崎の戦いの前に備中《びっちゅう》からとって返した強行軍のことを、羽柴どのは大返しと名付けておられます」

これも自分の手柄を宣伝するための、秀吉らしいやり方だった。

「この時、毛利《もうり》家の旗と鉄砲五百挺《ちょう》を借り受けたのは事実のようでございます」

「将軍方となって先陣を務めるとでも言ったのか」

「その通りでございましょう。変が起こったことを知りながら、毛利方が羽柴勢を追撃しなかったのは、そのためだと思われます」

「大返しの準備も、前もってしていたのだな」

「六月五日六日は大雨が降りました。あらかじめ仕度をしていなければ、増水した川を渡ることはできません」

しかも大量の弾薬を雨に濡らさないように、船で運ぶ手配までしている。それを取り仕切ったのは、秀吉の軍師黒田官兵衛孝高《くろだかんべえよしたか》だった。

「シメオン官兵衛どのでござるな」

正信が初めて口をはさんだ。

「さよう。船を用立てたのは、堺《さかい》の豪商小西隆佐《こにしりゅうさ》のようでございます」

「その者もジョウチンという洗礼名を持つクリスタンでござる。して、備中高松《たかまつ》の陣所に変の報を知らせたのは誰か分かりましたか」

「何ヶ所からか使者が行ったようでございます。羽柴どのの本陣には長谷川宗仁《はせがわそうにん》の使いが、官兵衛どののもとには小西や細川藤孝《ほそかわふじたか》（幽斎《ゆうさい》）どのの使者が知らせております」

「ほほう。細川どのですか」

正信はひときわ興味を引かれたようだった。

「あるいは安土城内にもクリスタンの密偵がいて、殿とお市の方が婚約されたことをシメオン官兵衛に伝えていたのかもしれませぬな」

この推測はほぼ当たっていた。ルイス・フロイスが本能寺の変の様子を伝えるために本国に送った一五八二年十一月五日付の報告書には、「信長の義弟である三河の国王」と記されている。

三河の国王とは家康のことで、それを信長の義弟と呼んでいるのは、イエズス会が家康とお市の方が婚約したことを知っていたからだった。


余談ながら、中国大返しについてはいまだに多くの謎がある。

そのひとつは退却していく秀吉勢を毛利方がなぜ追撃しなかったかということだ。

これについて江戸時代の史書は、いったん和議を結んでおきながら追撃するのは士道に反するからだとか、毛利が本能寺《ほんのうじ》の変を知ったのは秀吉が大返しにかかった翌日で、すでに手遅れだったからだと説明する。

この手遅れ説を補強するために、光秀が毛利に送った密使を秀吉勢が捕らえたという話までが、まことしやかに流布している。

しかし、秀吉と毛利方の安国寺恵瓊《あんこくじえけい》との交渉の席で、信長が討ち取られたことは話に出ていた。

それは毛利の家臣玉木土佐守吉保《たまきとさのかみよしやす》が、元和《げんな》三年（一六一七）に著した『身自鏡《みのかがみ》』という自叙伝に明記されている。

秀吉は恵瓊をひそかに本陣に呼び、毛利家の重臣の大半が自分に内通していると、彼らが署名した連判状を突き付けた。

そしてこれほどの計略ができる武将は日本には拙者《せっしゃ》の他におるまいと思っていたが、毛利輝元《てるもと》の深謀によって信長が討ち果たされてしまったと言ったのである。

〈此時筑前守《ちくぜんのかみ》云はれけるは、我如此行《このごときおこない》日本にはなしと思ひつるに、毛利殿御謀言不浅故に、信長既に果給ふ〉

輝元はこの頃鞆《とも》幕府の副将軍に任じられているので、毛利の謀とは義昭《よしあき》の補佐役として光秀を動かし、信長を討ち取ったことを指している。

しかも注目すべきは、交渉が行われた六月三日の時点で秀吉がそれを知っていたことである。

秀吉は計略の段階からこのことを察知していたからこそ、留守役に長浜城を捨てるように命じ、大返しの準備をして、変が起こるのを待ち構えていたのだった。

ちなみに秀吉が毛利から旗と鉄砲を借りた件については、当時の記録には見当たらない。

しかし幕府の公式史書である『徳川実紀《じつき》』に、次のように記されている。

〈都よりして賊臣光秀叛逆して織田殿御父子を弑《しい》する注進を聞くとひとしく。其よし少しもかくさず毛利が方へ申送り。忽《たちまち》に和をむすび。毛利より旗三十流鉄砲五百挺かりうけ。そのうへ輝元が人質とつて引かへし〉

『実紀』が編纂《へんさん》されたのは一八〇〇年代初めのことだが、幕府に保存してある膨大な記録の中から、史実と認めうるものを選りすぐって記述されている。

信長の死を毛利方へ伝えた件は『身自鏡《え》』と同じなので、旗や鉄砲を借り、人質まで取ったことも事実だと見てさしつかえないだろう。

「どうやら、そなたほどの知恵者でなければ、秀吉どのには太刀打《たちう》ちできぬようだな」

家康は二杯目の茶を呑み干し、仕方なげに正信を見やった。

「それは悪知恵という意味でござろうか」

「武略は詐術だと、孫子の兵書にも記されている。勝つためにはどんな知恵も絞り出さなければならぬ」

「お役に立てれば、何なりと」

申し付けていただきたいと、正信は案外嬉しそうだった。

「清洲は分かった。都の様子は」

「それについては、音阿弥から報告させていただきます」

与七郎にうながされ、音阿弥が一通の書状を差し出した。

変の前日の六月一日から、朝廷と光秀の動きを書き出したものだった。

「ほう。心得のある筆だな」

家康は細くたおやかな筆跡に目を引かれた。

「恐れ入ります。誰の筆跡でも真似られるように、幼い頃から厳しく仕付けられました」

「上様や光秀の筆も真似られるか」

「それがしは女文字を得手としておりますので、武家の文字は難しゅうございます」

音阿弥は色白の美しい顔立ちをしている。観世座《かんぜ》では女の役をつとめることが多いので、女文字を書けるようにしたという。

「さて、六月二日のことでございますが」

「その前にたずねたいことがある。そちはこの間、誠仁《さねひと》親王へのご譲位は六月一日より前に行われたかもしれぬと言った。それについて確かなことは分かったか」

家康はそのことがずっと気になっていた。

「その頃に親王さまが、帝の装束を召されているのを見たという女御がおります」

「帝の装束とは？」

「践祚《せんそ》の儀などの特別な日に、帝が召される禁色の衣でございます」

「そうか。やはり前久《さきひさ》公は我らをあざむいておられたか」

家康は正信をちらりと見やった。

この件については、後でじっくりと意見を聞かせてくれという意味だった。

「六月二日に信長公は本能寺で、信忠さまは二条御所で明智勢に討たれました。信忠さまが妙覚寺《みょうかくじ》から二条御所に駆け込まれたのは、城構えの御所の方が守りに適しているからだと巷《ちまた》では言われておりますが」

本当は御所にいる帝を人質にとって、明智勢の囲みを脱出するためである。信忠がそんな行動に出たのは、光秀の背後に親王がいると疑っていたからだった。

「ところが村井貞勝《むらいさだかつ》どのが、帝となられた親王にそうした無礼を働くのは武門の恥だと、諫《いさ》められたそうでございます」

「信忠さまはそれに従い、宮さまを御門の外に出されたのだな」

「そう言う者もいれば、信忠さまがあくまで親王を人質にしようとなされたために、村井どのが刺殺されたと言う者もおります」

こうした噂《うわさ》は洛中《らくちゅう》ばかりか大坂や奈良にも伝わっていて、興福寺《こうふくじ》の多聞院英俊《たもんいんえいしゅん》は日記（『多聞院日記』）に次のように書きつけている。

〈三日、暁ヨリ又大雨下、京都ノ儀慥ニハ不聞、二条殿へ城介（信忠）逃入《のがれいり》、当今《とうぎん》ヲ人質ニ取間、則時共ニ王モ御生害、新キン（二条御所）モ放火了云々、誠歟、浅猿々々〉

信忠が当今を人質に取ったので、王も殺されたというのである。

これには英俊本人が「誠か？」と疑いをもち、「王も御生害」は後で誤報と分かったのでウソと書き添えている。

しかし信忠が親王を人質に取って決死の形相で迫っている様子はうかがえるし、それ以上に重要なのは、多聞院の院主であった英俊が誠仁親王を当今と呼んでいることだ。

英俊のような立場にある者が、公式文書である院の日記で帝にかかわる言葉を誤用するとは考えられないので、親王が五月中に即位しておられたことは確実だと思われる。

それだけに貞勝も、身命を賭して信忠の愚挙を止めたのだった。

「信忠さまは、刺殺されたか」

安土城に伺候する前に信忠と会った時のことを思い出し、家康はやる瀬ない思いにとらわれた。

父上の上洛を延期するように頼んでくれと懇願した信忠が、なぜか二俣《ふたまた》城で切腹した信康《のぶやす》の姿と重なった。

「前久公もよほどあわてたと見えまするな。だから明智勢を邸内に引き入れ、二条御所の織田勢を攻めさせたのでございましょう」

正信は独自の情報網によって、明智勢が近衛《このえ》邸から銃撃したことをつかんでいた。

「光秀は五日に安土城に入り、七日に吉田《よしだ》兼和《かねかず》（兼見《かねみ》）が勅使として安土城に派遣されました。もどったのは翌日のことでございます」

音阿弥はなぜか兼和に対しては敬語を使わなくなっていた。

「九日には光秀は上洛し、銀子五百枚を朝廷に献上いたしました。これは洛中静謐《せいひつ》の勅命を得たお礼でございましょう。朝廷と光秀の連絡には、終始兼和があたっておりました」

ところがその四日後、六月十三日に山崎の戦いで明智勢が大敗し、光秀は坂本《さかもと》城に向かう途中に土民に討ち取られた。

そして十四日には秀吉、信孝らが上洛してきたが、この時二つの大きな事件が起こった。

「ひとつは信孝さまが兼和のもとに使者をつかわし、不審な動きを糾弾した上で、返答次第では斬り捨てると迫られたことです。あわてふためいた兼和は親王に助けを求め、親王は側近の柳原淳光《やなぎわらあつみつ》を釈明のために信孝さまの陣所へつかわされました」

「不審な動きとは、兼和どのが宮さまや前久公に命じられて、光秀との連絡役を務めていたことだな」

「さようでございます。信孝さまは許そうとなされなかったようですが、羽柴どのの取りなしがあって不問に付すことになされたようです」

もうひとつは秀吉、信孝が入洛する時に勅使が出迎え、太刀（節刀）をさずけたことである。

これは朝廷公認の軍隊（官軍）だと認めたも同然だった。

「そうか。噂は本当だったか」

「しかも正親町《おおぎまち》天皇と誠仁親王のご両所から、使者と太刀がつかわされました。帝の使者は勧修寺晴豊《かんじゆじはるとよ》、親王の使者は広橋兼勝《ひろはしかねかつ》でございます」

音阿弥は塔ノ森《とうのもり》に忍び、勅使が秀吉らと対面した様子を見ていたという。

「十三日に山崎の戦いに敗《やぶ》れた光秀は、近江の坂本城に逃れようとしました。それを追って信孝さま、羽柴どのの軍勢が上鳥羽《かみとば》の塔ノ森に殺到したために、明智勢の殿軍《しんがり》と激しい戦《いくさ》になりました」

その翌日の十四日、勅使となった勧修寺晴豊らは、雨の降りしきる中を塔ノ森まで出かけ、信孝と秀吉の到着を待ちうけていたのだった。

「戦の跡が生々しく残る場所に立ち尽くし、一刻（約二時間）ばかりも待っておられると、信孝さま、羽柴どのが馬を連ねてやって来られました。そして勅使の間近で馬を下り、節刀を受け取られたのでございます」

節刀を渡す時、勅使の晴豊は逆賊光秀を打ち破った二人の功績をたたえ、洛中の静謐を保つように申し付けた。

これに対して秀吉は、「一段、早々とかたじけない」と言って拝領したのである。

「早々と、だと」

その言葉が魚の小骨のように、家康の喉に引っかかった。

「はい。そうおおせになりました」

「節刀は信孝さまに与えられたのか」

「いいえ、節刀と親王からの御太刀を、二人に一振りずつ与えられました」

「それは妙ではないか。古来節刀は帝の命を受けた証《あかし》として、総大将に与えられるものであろう」

家康は正信に意見を求めた。

「さようでござる。この場合には、信孝さまが受けられるのが筋でございましょう」

「それなのに二人に一振りずつ与えた。しかも早々とかたじけないと、秀吉どのが礼を言われるとはどういうことだ」

「山崎の戦いの翌日に、勅使が向こうからやって来た。しかも雨の中で一刻も待っていたのですから、さぞ感激されたのでござろうな」

正信は皮肉に満ちた冷ややかな言い方をする。口許に浮かべた薄笑いを見れば、そんなことなど毛の先ほども信じていないのは明らかだった。

「それで、秀吉どのはどうなされた」

家康は正信の謎かけをわざと無視して話を進めた。

「翌日、本能寺の焼け跡に光秀の首をさらし、配下の首三千ばかりを添えて、信長公の御霊に仇を報じたことをご報告なされました。これを見物しようと、本能寺のまわりには数万の群衆が詰めかけておりました」

「三千の首とは、まことか」

これにも家康は引っかかった。

戦場《いくさば》での首実検ならともかく、三千もの首をわざわざ洛中に運び込むとは法外の沙汰である。

しかも合戦の二日後に首をそろえるためには、戦勝直後に都に運ぶように指示しておかなければならない。

光秀が逃亡し、畿内の大名の動向も定かならぬ時期に、はたしてこんな指示ができるだろうか。

できるとすれば、光秀の再起が不可能であり、十四日に勅使が節刀をさずけに来ること、そして十五日に光秀の首が都に届くことが分かっている場合だけではないだろうか。

そんな疑念が、家康の頭に死臭の混じった不快な風を巻き起こした。

今頃京都は夏の盛りである。

湿気の多い盆地は蒸し風呂のような暑さになる。その中に三千もの首を置けば、洛中はむせるような腐臭に包まれたはずである。

それを承知で秀吉が首を並べてみせたのは、信長の仇を討った手柄を天下に示し、後継者をめぐる争いを有利にするためにちがいなかった。

「それから最後に、近衛前久公のことをご報告しておかなければなりません」

音阿弥が目を伏せ、書き付けの控えを確かめた。

「こたびの陰謀に吉田兼和が関わっていたことを突き止めた信孝さまは、兼和の背後に前久公がいたと疑っておられました。そこで十六日に、前久公の取り調べをしたいと朝廷に談判におよばれたのでございます」

「それでどうなされた。相国《しょうこく》さまは」

「十七日の未明に洛中を脱出し、嵯峨《さが》の寺に落ち延びられたようでございます。これを討ち果たすべく信孝さまの配下が後を追ったようですが、行方は知れないままでございます」

音阿弥の報告は風聞も交えたものだったが、ほぼ正確に洛中の動きをとらえていた。

そう言えるのは、前にも記したように『天正十年夏記《てんしょう》』が勧修寺晴豊の日記の一部であることが解明されたお陰である。

勅使をつとめた晴豊の記録は、本能寺の変を理解する上で決定的に重要なので、簡単に紹介させていただきたい。

なお『日々記』に収録された原文の読み下しは、『信長権力と朝廷』（立花京子著、岩田書院刊）の巻末資料から引用させていただいたものである。

六月十四日、晴豊が塔ノ森まで出向いた日の記述は以下の通りである。

〈十四日　雨降。せうれん寺（青龍寺《せいりゅうじ》城か）おもて打はたし、三七郎（信孝）、藤吉郎（秀吉）上洛之由候。余勅使。両人御太刀拝領させられ候。広橋、親王御方ヨリ御使参候。御太刀同前也。たうのもりまて参候て待申候。たうの林（森）にて申聞候〉

これによって帝と親王からの太刀が、信孝と秀吉に与えられたことが分かる。「申し聞かせ候」とは、光秀を討った手柄を誉め、洛中の静謐を守るように命じたことを指している。

信孝と秀吉は馬から下り、〈一段はや〳〵とかたしけなき〉（特別に早々と計らっていただきかたじけない）と言って太刀を受けとった。

上鳥羽は戦で焼け、煙や死人が満ちていた。

その上雨が降っているので、〈中々めいわく申はかりなし〉（本当にひどく迷惑したことであった）と晴豊は眉をひそめている。

翌十五日には、光秀の首が洛中に運び込まれ、三千ばかりの首とともに本能寺に並べられたと記されている。

この中で注目すべきは〈明智くひ勧修寺在所にて百姓取候て出申候〉という件《くだり》である。

光秀は坂本城に向かう途中、小栗栖《おぐりす》（京都市伏見区）の竹林で討ち取られたというのが通説だが、晴豊は勧修寺在所と明記している。

これがどこを指すのか定かではないが、仮に勧修寺家の菩提寺である勧修寺《かじゅうじ》（京都市山科区）のことだとすれば、上鳥羽から山科《やましな》に向かったはずで、上鳥羽で激しい戦が行われたことと符合する。

しかしそれが事実なら、光秀は身方《みかた》と頼んでいた朝廷（勧修寺家）ゆかりの寺を頼ったところ、無残にも討ち取られたことになる。

これは朝廷が光秀との共謀を疑われないようにいち早く首を差し出したのか、それとも秀吉が光秀の立ち回り先を読んで、百姓に身を替えた刺客をひそませていたのか。

十六日には、〈御人参候て、近衛殿御事せひとも存分可申候〉と記している。

晴豊が御人というあいまいな書き方をしたのは、後に問題になることをはばかったためだろうが、信孝のことだと見て間違いあるまい。

前久を是非とも糾明せよと迫る御人など、彼以外には考えられないからである。

信孝のこの動きを察知した前久は、身の危険を感じていち早く洛中を脱出して嵯峨に向かった。

奇《く》しくもこの日には、光秀の重臣斎藤内蔵助利三《さいとうくらのすけとしみつ》が洛中を引き回されて処刑されている。

〈十七日　天晴。早天ニ済藤蔵助ト申者明智者也。武者なる物也。かれなと信長打談合衆也。いけとられ車にて京中わたり申候〉

信長討ちの談合が行われていたことと、誰がその談合に加わっていたかを、晴豊は知っていた。

しかし彼自身は加わっていなかったことが、次の記述からうかがえる。

〈近衛殿、入道殿嵯峨御忍候。打可申候とて人数さかへ越候。御ぬけ候。（中略）

近衛殿今度ひきよ事外也〉

前久は入道殿とともに嵯峨に逃げた。信孝の手勢がこれを討ち果たそうと追いかけたが、その前に抜け出したというのである。

そして晴豊は、前久の今度の「ひきよ」はもっての外だと非難している。ひきよとは非挙なのか卑怯なのか分からないが、前久のせいでひどいことになったという思いだけはストレートに伝わってくる。

つまり朝廷の中でも「信長打談合」に加わっていたのは、前久らわずかの者だけだったということである。

謀は密なるを要すというが、前久は朝廷を守るためには信長を葬り去るしかないと決意し、誠仁親王にさえ真意を告げないまま本能寺の変を引き起こしたと思われる。

そして十中八九まで成功しかけたものの、密謀を事前に察知した秀吉の大返しをくらい、命からがら逃げ出さざるを得なくなったのである。

「都の有り様は、申し上げた通りでございます。何かご不審な点はございましょうか」

音阿弥が書き付けの控えを丁寧に折って懐に仕舞った。

色気さえ感じさせる美しい所作である。家康は衆道（男色）に興味はないが、それでもぞくりとしたほどだった。

「もう良い。そちは遠慮せよ」

伴与七郎が音阿弥を下がらせ、お願い申し上げたいことがあると言った。

「聞こう。申すがよい」

「それがしは老いぼれ、思うような働きができなくなり申した。甲賀者《こうかもの》の棟梁《とうりょう》の座を音阿弥に譲り、都や畿内での探索の指揮を取らせたいと存じまする」

「音阿弥はそちの身寄りか」

「その昔、それがしが公家《くげ》の娘に産ませた子でございます。忍び入った先で、魔がさしまして」

寝ていた娘を手ごめにしたと、与七郎が面目なさそうに打ち明けた。

その娘にかくなる上は女房にせよと必死の形相で迫られ、洛中に家を構えて囲うことにした。そして十月後に音阿弥が生まれたのである。

「母親に似て顔立ちが良く、物覚えのいい聡《さと》い子でございましたが、それがしの悪行の報いでございましょう」

二形《ふたなり》（半陰陽）に生まれたので、甲賀の伴家で引き取ることもできなかった。どうしたものかと服部半蔵《はっとりはんぞう》に相談すると、観世座に入れるように勧められたという。

「観世座には伊賀の忍びが多くいる。忍びにならずとも、役者として生きる道が開けるかもしれぬ。半蔵どのはそう言って下さり、一座への口添えまでして下されたのでござる。お陰で五つの歳から修行に入り、両方の技を身につけてくれました。まことに有り難いことでございます」

「なるほど。内裏の女御にまで探索の手を伸ばせるのは、母親のお陰か」

「さようでございます。堂上《とうしょう》家の生まれゆえ、今でも各方面に伝《つて》があるようでございます」

「これから、どうする」

「甲賀に帰り、郷里のために役立てることがあれば力を尽くしたいと思っております」

「分かった。もう二十年になるな」

「は？」

「そちが初めて仕えてくれたのは、上ノ郷《かみのごう》城の鵜殿長照《うどのながてる》どのを攻めた時であった。それ以来の働きを忘れはいたさぬ。今後も音阿弥の後ろ楯《うしだて》となり、当家のために働いてくれ」

「ありがたきお言葉、かたじけのうございます」

「伊賀越えの折には、多羅尾《たらお》どの父子に助けていただいた。あの折の道賀《どうが》どののお言葉は骨身にしみている。時が来たなら必ず恩に報いると伝えてくれ」

家康は手形を取り出し、銀二十貫（約三千二百万円）を餞《はなむけ》として渡した。

情報は充分に得た。

次はそれを分析し、先の方針を立てなければならない。

家康はその作業を本多正信と二人だけですることにした。

「畿内のことはそちしか知らぬ。思うところを遠慮なく言ってくれ」

「それでは何からかかりましょうか」

何でも来いとばかりに、正信は音阿弥が作った書き付けを膝の前に広げた。

「一番腑《ふ》に落ちぬのはご譲位のことだ。誠仁親王は五月中に即位しておられたらしい。ところが前久公はそれを隠し、ご自分が摂政になって将軍宣下をすると言って上様をあざむかれた。これはどうしたことだ」

「それがしごときには分かりませぬ。何しろ禁裏の深奥《しんおう》で行われたことでござるゆえ」

「他の者にはもっと分からぬ。それゆえこうしてたずねておる」

正信の強過ぎる自尊心をどうなだめるか、家康は少しずつコツをつかみかけていた。

「ならば分からぬなりに申し上げます。今上《きんじょう》はご高齢を理由に、一日も早く誠仁親王に位をゆずりたいと望んでおられました。ところが昨年信長公を左大臣に推任した折に、信長公はご譲位を計らった後でしかるべき職につかせていただくと辞退なされました。その処遇をめぐって、朝廷の意見は真っ二つに割れておりました」

一方は帝がご譲位をお望みなのだから、信長が計らってくれるなら好都合だと主張する者たち。これは内大臣二条昭実《にじょうあきざね》らの一派で、信長の意向に応じることによって己の立場を強化しようと目論《もくろ》んでいた。

一方は信長の奏請によってご譲位を行ったという前例を作れば、誠仁親王が即位された後、親王から五の宮《ごみや》（信長の猶子《ゆうし》）への譲位を迫られたなら拒むことができなくなると主張する者たち。これは太政大臣《だじょう》近衛前久らの一派である。

「両派のどちらが的を射ているか、殿はすでに存じておられましょう」

「確かに上様は誠仁親王の後には五の宮さまに即位していただき、太上天皇《だじょう》となって朝廷を意のままにしようとしておられた。それは律令制にもとづいた新しい国家をきずくためで、私利私欲によるものではない」

「そのことは両派の公卿《くぎょう》たちも分かっていたはずでございます。その上で、信長公が太上天皇になられることを認めるかどうかの争いとなったようで」

二条昭実はまだ若い。しかも信長の養女のさごの方を妻にしているので、信長の意向に添って動いていた。

ところが百戦練磨の前久は、いかに信長とはいえ人臣の身で太上天皇になることなど、絶対に許してはならぬと考えていたのだった。

「そのあたりか。変の真因は」

「さよう。おそらく内大臣派は、何らかの手段を用いて五月中にご譲位の内実をととのえていたものと思われます。前久公はそれを阻止するために、三職推任の奉書を誠仁親王に下していただき、信長公をおびき出して光秀に討たせたのでございましょう」

前久の名分は信長の僭上《せんじょう》を阻止し、足利《あしかが》幕府を再興することである。そのために従兄弟にあたる足利義昭を身方につけ、朝廷と幕府の双方から光秀に決起をうながしたにちがいなかった。

「さようか。安土城で会った時、日向守《ひゅうがのかみ》どのは同僚として相談したいことがあると言っておられたが」

家康は光秀の切羽詰まった顔を思い出し、同情を禁じ得なかった。

光秀は名門土岐《とき》源氏《げんじ》の生まれである。若い頃には将軍義輝《よしてる》に仕え、幕府再興のために奔走していた。

信長を義昭に引き合わせ、上洛に協力させた功労者でもある。

心の内では信長のやり方に反発していたことは容易に想像できるだけに、太政大臣と将軍から挙兵を迫られ、身命を賭して応じる決意をしたにちがいなかった。

「秀吉どのは備中にいながら、その一部始終を見ておられたのだな」

「イエズス会が張り巡らした、クリスタンの情報網がございます。それを秀吉どのに伝えたのは、黒田官兵衛でございます」

「一段、早々とかたじけないと言ったのは、秀吉どのから節刀を下すように要求していたということか」

「さよう。朝廷は長年、武家の争いには関わらない方針を取って参りました。どちらかに加担すれば、朝家そのものが滅ぼされる危険があるからでございます」

前久はその定めを破った。しかも帝の内実を備えておられた誠仁親王まで巻き込んで信長を討ったものの、秀吉の大返しによって光秀は呆《あ》っ気《け》なく滅亡した。

それだけに朝廷としては、この痕跡を何としても消し去らなければならなくなった。

「ところが秀吉はすべてを知り、証拠まで握っておりました。それをチラつかせて脅され、節刀をさずける勅使を下さざるを得なくなったのでございます」

どうかな。お分かりになったかな。正信はそう言いたげな訳知り顔で謎の糸を解いてみせた。

「ならばこの先、秀吉どのはどう動く」

「巷の破落戸《ごろつき》と同じでござる。ひとたび弱みを握ったなら、相手を利用し尽くすでしょう」

「朝廷を、どう利用する」

「たとえば天下静謐の勅命を得れば、織田家の誰より上位に立つことができまする」

「織田家に代わって天下を取るということか」

「信長公が討たれることを知りながら、平然と時を待っていた曲者《くせもの》でござるぞ。羽柴秀吉という御仁は」

そのことを肝に銘じていなければ、この先痛い目にあいますぞ。正信は相変わらずの上から目線で、家康の人の好《よ》さを哀れむ仕草さえした。

「ならばそちは、どう向き合う」

「しばらく成り行きを見ておれば、秀吉どのと織田家の争いが起こりましょう。どう動くかを決めるのは、その時でございます」

「そちの好きなクリスタンはどうした。目立った動きを見せぬではないか」

家康はだんだん腹立ちを抑えきれなくなった。

「動きを見せる者など、飛び回る蠅《はえ》と同じ。たいした敵ではございません」

「何だと」

「都に残した手の者から知らせが参りました。十五日の本能寺での供養の後、黒田官兵衛、高山右近《たかやまうこん》、中川清秀《なかがわきよひで》、小西隆佐らが南蛮寺《なんばんじ》を訪ねております」

南蛮寺はイエズス会の教会で、本能寺から五町（約五百五十メートル）ほどしか離れていない。正信は一向宗徒の配下を南蛮寺に張り付け、様子をさぐらせていたのだった。

「興味深いのは、その中に細川忠興どのが加わっておられたことです」

「忠興はクリスタンではあるまい」

「そうかもしれませんが、忠興どのの母親の麝香《じやこう》どのはマリアという洗礼名を持っておられます」

「まことか」

「夫の藤孝どのがそれを許しておられるのは、クリスタンの信仰に深い理解を持っておられるからでございましょう。つまり藤孝どのは、初めからイエズス会に加担していながら、光秀や前久公に身方するふりをして、彼らの動きを探っておられたと思われます」

「まさか、そんな……」

「光秀と前久公の連絡役は、吉田兼和がつとめておりました。兼和と藤孝どのが従兄弟だと、殿はご存じでございましょうか」

「いいや、知らぬ」

「兼和の父兼右《かねみぎ》は、明経博士《みょうぎょうはかせ》として名高い清原宣賢《きよはらのぶかた》の子でございます。また藤孝どのの母親は宣賢の娘ですから、兼右とは兄妹の間柄でございます」

「藤孝どのはその縁を利用して兼和から計略を聞き出し、秀吉どのに伝えていたということか」

「秀吉どのではなく、官兵衛に伝えていたのでございましょう。本能寺の変の報も、藤孝どのが官兵衛に報《しら》せたはず」

「そうか。信孝さまが吉田兼和を糾問された時、秀吉どのが救いの手を差し伸べたのは」

藤孝に頼まれたからにちがいなかった。

「しかし何故じゃ。藤孝どのは光秀の長年の盟友で、嫡男忠興の嫁に光秀の娘の玉《たま》子《こ》を迎えているではないか」

「藤孝どのがイエズス会に接近しておられたのは、丹後《たんご》の宮津《みやづ》港に南蛮船を寄港させ、貿易を始めたいと望んでおられたからでございます。そのためにはイエズス会とスペインの承諾が必要ですから、手始めに麝香どのの入信を許されたのではないでしょうか」

そうした交渉の最中に、兼和から信長を討ち果たす計略について相談を受けた。

藤孝は好機到来とばかりに協力しながら、その情報を官兵衛に流した。

そうして光秀が信長を討った直後に、秀吉に大返しをさせて光秀を討たせ、秀吉にもイエズス会にも恩を売ろうとしたのだ。

正信は迷いなくそう言い切った。

実は『松井《まつい》家譜』の中に、この推測が正しかったことを裏付ける文書がある。

天正十年六月八日付、松井康之《やすゆき》あて杉若無心副状写《すぎわかむしんそえじょう》しで、その一部を読み下しにすれば次の通りである。

〈西国表の儀、存分のまま、両川（吉川《きっかわ》・小早川《こばやかわ》）人質定《じょうぶ》ふに相定め、三ヶ国相渡され、去る六日に姫路《ひめじ》に至り、秀吉馬を収められ候。長秀《ながひで》（羽柴秀長《ひでなが》）に別して御

入魂の義候間、万事そりゃくに存じられず候〉

杉若無心とは秀吉の側近で、彼が秀吉の意向を細川藤孝の重臣である松井康之に伝えた時のものだ。

吉川元春《もとはる》、小早川隆景《たかかげ》から人質を取り、三ヶ国（備中、美作《みまさか》、伯耆《ほうき》）も受け取って、六月六日に意気揚々と姫路城に凱旋した秀吉の様子を伝えている。

秀吉の弟の秀長と松井が入魂《じっこん》の間柄で、万事疎略にはしないというのだから、この二人を仲介役として秀吉と藤孝は前々から連絡を取り合い、信長が討たれる日を待っていたのである。

「きつねとたぬきの化かしあいと言うが、難しいな、世の中は」

「政《まつりごと》の策略とは、そのようなものでございます」

「するとこの先どうなる。官兵衛やイエズス会は、秀吉どのに天下を取らせて何をさせようとしておるのじゃ」

「ひとつは信仰と布教の自由を認めさせ、日本をクリスタンの国にすること。もうひとつは明国に出兵させることでございましょう」

「明国出兵だと」

ヴァリニャーノにそう迫られたが、わしは拒否した。今後はイエズス会ともスペインとも手を切る。

信長が腹立たしげに言った言葉が、家康の脳裡《のうり》によみがえった。

イエズス会の背後には、太陽の沈まぬ帝国と言われるスペインがいる。

秀吉が彼らの力を頼み、朝廷さえも意のままにして天下取りに乗り出したのなら、今後由々しきことになりかねなかった。

第二章

甲州合戦

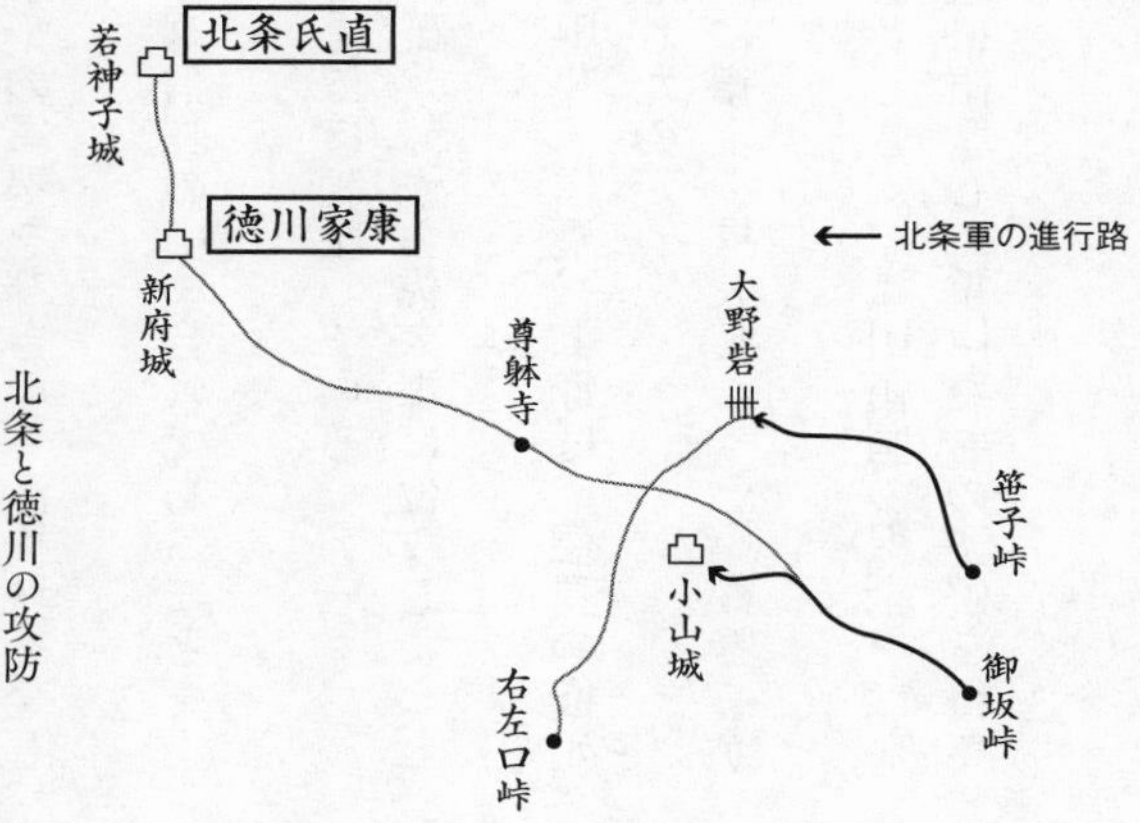
北条氏直
若神子城
徳川家康
新府城
北条軍の進行路
大野砦
尊躰寺
笹子峠
小山城
御坂峠
右左口峠
北条と徳川の攻防

天正《てんしょう》十年（一五八二）七月二日、徳川家康《とくがわいえやす》は五千の軍勢をひきいて浜松《はままつ》城を発し、甲府《こうふ》へと向かった。

本能寺《ほんのうじ》の変からちょうど一月後《ひとつきご》に出陣したのは、信長《のぶなが》の弔い合戦であることを主従ともに肝に銘じるためだった。

越後《えちご》の上杉《うえすぎ》は北から信濃《しなの》に侵攻し、川中島《かわなかじま》四郡をほぼ制圧している。

関東の北条《ほうじょう》は上野《こうずけ》に侵攻して滝川一益《たきがわかずます》を追い、碓氷峠《うすいとうげ》から佐久《さく》郡に侵攻しようとしている。

信長が武田《たけだ》家を滅ぼして重臣たちに分け与えた甲斐《かい》、信濃、上野は、信長の横死によって失われ、中原の鹿のように争奪の的にされたのだった。

家康がこの地に進攻するのは、どさくさまぎれに領土を拡大しようという野心からではない。

信長の理想に共鳴し織田《おだ》政権を支えてきた同盟者として、織田領国の保全をはかるという大義名分にのっとったもので、清洲《きよす》会議に出席した重臣たちの了解を得ての行動だった。

だが状況はきわめて厳しい。

家康の手勢は甲斐に先発させた大久保忠世《おおくぼただよ》らの四千、下伊那《しもいな》に向かわせた酒井忠次《さかいただつぐ》らの三千。そして家康の本隊を合わせて一万二千ばかりである。

これに対して北条勢は、上野に侵攻した軍勢五万。相模《さがみ》、武蔵《むさし》、伊豆《いず》に展開する軍勢は二万五千ちかい。

この不利をおぎなうには、甲斐、信濃の武田遺臣や国衆《くにしゅう》を身方《みかた》にできるかどうかにかかっていた。

家康は三日に掛川《かけがわ》城、四日に田中《たなか》城、そして五日に江尻《えじり》城に着き、駿河《するが》に配した重臣たちを集めて甲斐に出陣中の守りについて細かな指示をした。

直面している問題は二つある。

ひとつは甲斐への兵糧《ひょうろう》や弾薬の補給路を確保すること。

もうひとつは北条勢が伊豆から駿河に侵攻してくるおそれがあることである。甲斐に出陣中に駿東《すんとう》郡や富士《ふじ》郡を制圧されたなら、徳川勢は退路も補給路も断たれて敵中で孤立することになりかねない。

それを防ぐために沼津《ぬまづ》三枚橋《さんまいばし》城に松平康親《まつだいらやすちか》、興国寺《こうこくじ》城に牧野康成《まきのやすなり》を配し、北条勢に備えさせた。

「我らの命運はその方らの働きにかかっている。たとえ何倍の軍勢に攻められようと、臆することなく守り抜いてくれ」

家康は二人と誓いの盃《さかずき》を交わし、鉄砲二百挺《ちょう》、弾薬一万発ずつを与えて送り出した。

七日には大宮《おおみや》（富士宮市）に着き、中道往還《なかみちおうかん》を真っ直ぐ北に向かい、八日に精進《しょうじ》湖《こ》のほとりに逗留《とうりゅう》。九日に右左口《うばぐち》峠をこえて甲府に入った。

三ヶ月前には信長と馬を並べてこの道を通った。そのことがそこかしこで思い出され、胸苦しいほどの懐かしさにとらわれた。

宿所としたのは甲州《こうしゅう》街道ぞいの尊躰寺《そんたいじ》。寺では先発隊の大久保忠世、石川家成《いしかわいえなり》、大須賀康高《おおすがやすたか》らが待ち受けていた。

家康はさっそく軍議を開いて戦況を確かめることにしたが、本題に入る前に康高と共に武田遺臣の調略にあたった岡部正綱《おかべまさつな》、曽根昌世《そねまさただ》、そして穴山梅雪《あなやまばいせつ》の重臣だった有泉大学助《ありいずみだいがくのすけ》の労をねぎらった。

「このたび不慮の事があり、甲斐は再び争乱の巷《ちまた》となった。それにもかかわらずその方ら三名は当家に忠節を尽くし、北条方の調略によって蜂起した一揆勢を防いでくれた。改めて礼を申す」

家康は皆の前で頭を下げ、当座の褒美として黄金百両（約八百万円）ずつを与えた。

「それでは当地の状況について申し上げまする」

大須賀康高が甲斐、信濃を描いた絵図を広げた。

髻《もとどり》を切り落としてざんばらにしているのは、河尻秀隆《かわじりひでたか》に斬られた本多信俊《ほんだのぶとし》（百助《ももすけ》光俊《みつとし》）を悼んでのことだった。

「殿のおおせのごとく、岡部どの、曽根どの、有泉どののお陰で、甲斐の武田遺臣の大半は当家に身方する意向を示しております」

康高は甲府に出陣して以来、遺臣たちの反感を買うまいと慎重に言葉を選ぶようになっていた。

「信濃の佐久郡は、いち早く小諸《こもろ》城にもどられた依田信蕃《よだのぶしげ》どのが掌握しておられます。ただし、やがて北条勢が侵攻してくるは必定ゆえ、早急に援軍を送る必要があると存じます」

「上杉はどうした」

家康は絵図の北信濃のあたりをのぞき込んだ。

「上杉景勝《かげかつ》どのが八千余の軍勢をひきいて、海津《かいづ》城に入られました。これを見て川中島四郡の者たちばかりでなく、木曽義昌《きそよしまさ》どのに与えられた安曇《あづみ》、筑摩《ちくま》郡の国衆も、続々と従っているようでございます」

一方、下伊那に兵を進めた酒井忠次、奥平信昌《おくだいらのぶまさ》らは、吉岡《よしおか》城の下条頼安《しもじょうよりやす》らの協力を得て、順調に伊那郡の掌握を進めていた。

そこで家康は、忠次に諏訪《すわ》郡まで北上して高嶋《たかしま》城に拠る諏訪頼忠《よりただ》を身方にするように命じたのだった。

「伊那と諏訪、佐久を押さえて甲斐との連携を強化すれば、上杉や北条と互角に渡り合うことができる。北条が佐久に侵攻してくるまでに、その態勢をととのえねばならぬ」

「そのことについて、ひとつ気がかりなことがございます」

末席に控えていた服部半蔵《はっとりはんぞう》が口を開いた。

「うむ、申せ」

「砥石《といし》城の真田昌幸《さなだまさゆき》は北信濃の一門とともに上杉に従っておりますが、北条ともひそかに好《よしみ》を通じております。しかも周辺の国衆と連絡を取り、北条が侵攻してきたなら身方をするように呼びかけているようでござる。その調略は諏訪にも及んでいると思われます」

半蔵は配下の伊賀者《いがもの》を四方につかわし、甲斐、信濃の国衆の動きを調べ上げていた。

「北条を信濃に引き込み、真田はどうするつもりじゃ」

「まずは上杉を追い払い、返す刀で甲斐に攻め込むつもりでござろう」

「その動きを封じるためにも、信濃の三郡を押さえておかねばならぬ。酒井勢が諏訪に入ったなら、信濃の国境《くにざかい》まで兵を出すゆえ仕度をおこたるな」

家康は皆の決意をうながして持ち場に向かわせた。

七月十二日の正午過ぎ、放下僧に身を替えた羽柴秀吉《はしばひでよし》の使者がやってきた。

「これは織田家の総意ゆえ、ご安心下され。主《あるじ》がそう申しております」

使者が差し出した書状には、家康が織田家の所領である信濃、甲斐、上野を維持するために出兵したことを承認すると記されていた。

その内容はおおよそ次の通りである。

「今度信長に不慮の事があり、信州《しんしゅう》、甲州、上州《じょうしゅう》に配されていた者共がまかり退きました。ついては両三ヶ国は敵方に渡すべきではないので、軍勢をつかわし御手に属するように仰せ付けられることは、もっともと存じます」

日付は七月七日である。

これは家康の出陣を追認した形だが、織田政権の承認を得たことで、国衆への調略や上杉、北条との交渉はきわめて有利になったのだった。

織田家の支援を得られる目途が立ってほっとしたのもつかの間、夕方には小諸城の依田信蕃の使者が駆け込んできた。

「申し上げます。本日巳《み》の刻（午前十時）、北条氏直《うじなお》の軍勢二万余が、碓氷峠をこえて乱入して参りました」

二千ばかりの手勢しか持たない信蕃は、小諸城での防戦を諦め、春日城《かすが》（佐久市）に移って北条の出方をうかがうことにしたという。

「北条はさっそく小諸城を奪い取り、春日城に攻め寄せる構えを取っております。一刻も早く援軍を送っていただきとうございます」

「甲府に着陣したばかりで、すぐに送ることはできぬ。諏訪郡を押さえ次第兵を向かわせるゆえ、それまで踏み留《とど》まるように伝えよ」

家康は信蕃あての書状をしたため、何があっても見捨てることはないと約束した。

小諸城を拠点とした北条勢は、千曲川《ちくま》ぞいに北に向かった。服部半蔵が言った通り、上杉勢を追い払って北信濃を制圧しようとしたのである。

小県郡《ちいさがた》海野《うんの》に布陣した氏直のもとには、信州十三頭《しんしゆうじゆうさんとう》と呼ばれる地元の有力者が続々と参集して服属を誓った。

このため小県郡、佐久郡の大半は北条方となり、依田信蕃は敵中に孤立した。

そこで春日城を引き払い、諏訪郡との境に近い詰めの城に移って家康の援軍に望みをかけることにしたのだった。

恐れていたことが現実になったのである。

家康は松平康忠《やすただ》を呼んで濃茶《こいちゃ》を点《た》てさせ、気持ちを落ち着けようとした。

「飲みにくくても構わぬ。目が覚めるほど濃くしてくれ」

浜松から甲府まで進軍してきた上に、連日緊張を強いられ、さすがに疲れている。気持ちばかりが逸《はや》り、考えの焦点が定まらないので、舌がしびれるような濃茶を飲み、甲斐、信濃の絵図と向き合った。

五万の軍勢で上野を制した北条氏政《うじまさ》は、嫡男《ちゃくなん》氏直に二万をさずけて信濃に侵攻させた。

氏直は武田信玄《しんげん》の孫に当たるので、武田の名跡を継がせると触れれば、武田遺臣や国衆の賛同が得られると考えてのことだ。

しかしそれなら、佐久郡を制圧した後すぐに甲斐に兵を向かわせるはずである。

それなのになぜ、氏直軍は北信濃に向かったのか。家康は絵図をにらんで真意を突き止めようとした。

考えられる理由は二つある。

ひとつは服部半蔵が言ったように、真田昌幸が手引きしていることだ。狐のように狡猾《こうかつ》な昌幸は、表面的には上杉景勝に従うふりをしながら、裏では北条とつながっている。

そして上杉と北条が合戦に及んだなら、北条方に内応して景勝を討ち取る計略を立てているのではないか。

それが成功すれば、北信濃ばかりか越後まで北条の版図になるのだから、甲斐など後回しにしても構わないと思ったのかもしれなかった。

もうひとつは景勝に対する怨《うら》みである。

景勝は御館《おたて》の乱で氏政の弟である上杉景虎《かげとら》を殺した。しかも武田勝頼《かつより》に接近し、北条との同盟を破棄させて甲越《こうえつ》同盟を結んだ。

このことが武田家の滅亡につながっただけに、信玄の娘の黄梅院《おうばいいん》を妻にしている氏政は、この機会に一気に景勝を亡《ほろ》ぼして宿年の怨みを晴らそうと考えたのかもしれない。

いずれにしても、北条の矛先が上杉に向いている間に、何としても甲斐と南信濃を制圧しておかねばならなかった。

翌十三日、奥平信昌が酒井忠次の使者としてやってきた。

信昌は長篠《ながしの》の戦いの折、武田勢の猛攻にさらされながら長篠城を守り抜いた肝太い男である。

家康は信昌を見込んで長女の亀《かめ》姫を嫁がせたが、今や九八郎《くはちろう》（家昌《いえまさ》）、亀松丸《かめまつまる》（家治《いえはる》）、千松丸《せんまつまる》（忠政《ただまさ》）の三人の子を成していた。

「本日、酒井忠次どのが五千の兵をひきいて諏訪に着陣なされました」

「ご苦労であった。伊那郡の様子はどうじゃ」

「下条頼安どのの調略が功を奏し、箕輪《みのわ》城（上伊那郡箕輪町）に復しておられた藤《ふじ》沢頼親《さわよりちか》どのも身方になられました。また小笠原貞慶《おがさわらさだよし》どのは、一千の兵をひきいて深《ふか》志《し》（松本《まつもと》）城の攻略に向かわれました」

貞慶は深志城の城主だった小笠原長時《ながとき》の三男である。

武田信玄に城を奪われて父とともに諸国を流浪していたが、武田勝頼が長篠の戦いで敗《やぶ》れると、家康を頼って岡崎《おかざき》城に身を寄せ、所領への復帰を支援してもらう機会をうかがっていた。

家康は忠次や信昌に下伊那への進攻を命じた時、小笠原貞慶にも兵を授けて同行させたのである。

「どうじゃ。深志城は取れそうか」

「城には上杉の支援を受けた小笠原洞雪斎《どうせつさい》が入っております。しかし人望がなく、国衆の不満が高まっているようでございます」

「小笠原貞慶の後押しをするためにも、諏訪頼忠どのを身方にしておかねばならぬ。高嶋城の調略を急げと、忠次に伝えてくれ」

「ついてはひとつ、お聞き届けいただきたいことがございます」

信昌が頬《そ》の削げた精悍《せいかん》な顔に緊張の色を浮かべた。

「何じゃ。改まって」

「高嶋城や他の国衆の調略のためにも、酒井どのに信濃の知行を任せる旨の朱印状をいただきたいのでございます」

「それは、忠次の望みか」

「いえ。我ら一同が申し合わせたことでございます」

国衆を調略する時にもっとも重要なのは、所領の安堵《あんど》を保証することである。ところが伊那勢の総大将である忠次には、そうした権限が与えられていない。

そのために交渉の時、安堵を保証するように家康に進言するとしか言えないのである。このことが国衆の不審を招いたり、交渉を長引かせる原因になっているのだった。

「分かった。考えることもあるゆえ、明日まで待て。今夜はここに泊まっていくがよい」

「お計らい、かたじけのう存じます」

「孫たちは元気か」

「九八郎は六つ、亀松丸は四つ、千松丸は三つになりました。皆元気にしておりま す」

「亀姫は大忙しであろうな」

「よくやってくれております。それがしは何の役にも立たぬと、叱られてばかりでございます」

信昌は面目なさそうに笑ったが、内心では男親はそれぐらいがちょうどいいと思っているようだった。

すでに日は暮れかかっている。

幸い甲府に着いてから晴天に恵まれ、将兵たちが雨に濡れて一夜を過ごすのではないかと気を揉《も》むこともないが、浅間山《あさまやま》の噴火から五ヶ月がたっても、爪跡は甲府盆地のいたる所に残っていて、兵糧の確保にも難渋しているのだった。

家康は鳥居元忠《とりいもとただ》、大久保忠世、石川家成を呼んで、忠次の申し出に応じるべきかどうか話し合った。

本多正信《ほんだまさのぶ》の意見も聞きたかったが、近頃正信ばかりを重用すると重臣たちが不満をくすぶらせている。

それに東国のことなので、元忠や忠世らの方が適任だと思ったのだった。

元忠も忠世も家成も、酒井忠次の求めに応じるべきだと言った。

争奪の的となった甲斐や信濃で国衆を身方につけることがどれほど難しいか、三人とも身をもって知っている。

それに忠次の人柄は分かっているので、私利私欲のために申し出たのではないことは百も承知していた。

実は家康も初めからそうしたいと思っていた。

忠次の長年の働きに報いてやりたいからだが、独断で決めると不満が出るので、三人の承諾を得ることにしたのだった。

さっそく康忠を呼んで朱印状の起草をさせていると、本多正信が許しも待たずに入ってきた。

酒に酔っているようで、頰骨の出たいかつい顔を赤くし、足元がかすかにふらついていた。

「殿、少々お耳を貸していただけませぬか」

「弥八郎《やはちろう》、酔っておるのか」

「東国では何の役にも立てませぬゆえ、酒をくらって下手な芝居などいたしております」

正信は鷹狩《たかが》りで鷹を放つ仕草をした。

鷹匠の家に生まれ、幼い頃から技を叩き込まれただけあって、見事な動きだった。

「ならば何ゆえ、こんな所に迷い込んだ」

「せっかく鷹野に集まった獲物を、殿は散らそうとしておられる。それゆえご忠告申し上げようと、酒席を切り上げて参りました」

「何を聞いた」

「酒井どのに信濃を与えることになされたと、小雀《こすずめ》どもがささやき合っておりました」

正信は足をふらつかせながら、家康の前にどさりと座った。

「与える訳ではない。知行安堵の権限を授けるだけだ」

「それでは信濃の国衆は、酒井どのの家来にされると受け取りましょう。ようやく先祖伝来の地に復することができると思った矢先にそんなことをされては、上杉か北条に従った方がましだと思うにちがいありませぬ」

「では、どうする」

家康は腹立ちを抑えてたずねた。

「殿が直々に高嶋城に出向き、諏訪頼忠どのを説き伏せて下され。また酒井どのに従っている伊那の衆にも、ねぎらいの言葉をかけるべきと存じまする」

「すでに決めたことだ。今さらくつがえすことはできぬ」

家康にも一抹の不安はあったが、重臣の総意を楯《たて》に押し切ったのだった。

家康が酒井忠次に与えた五ヶ条から成る書状の要点は、次の三つだった。
一、信州十二郡の棟別役、四分一役、その他の諸役は忠次の差配に任せること。
一、徳川家の身方になった国衆はすべて忠次の指揮下におき、従わない者は信州から追放すること。
一、信州を制圧したなら二年間は忠次の支配に任せ、その後は家康に引き渡すこと。
忠次らの求めに応じ、全面的な支配権を与えたのである。信州は十三郡なのに十二郡としたのは、すでに佐久郡を依田信蕃に与えていたからだった。

翌朝、家康は七月十四日の日付を入れて奥平信昌に与えた。

「かたじけのうござる。左衛門尉《さえもんのじょう》どのもさぞ喜ばれることでしょう」

信昌は書状を確かめ、ほっとしたように押し頂いた。

「何か言われたか。忠次に」

「皆に迫られたとはいえ、殿にこのような無心をして申し訳ないと、恐れ入っておられました」

「忠次の胸の内は分かっている。一刻も早く諏訪を身方にしてもらいたいが、くれぐれも慎重に事を運ぶように伝えてくれ」

家康は念を押して信昌を諏訪に向かわせたが、この策は完全に裏目に出た。

この日、忠次は五千の軍勢で高嶋城を包囲し、諏訪頼忠に服属するように迫った。

初めは頼忠も応じる姿勢を見せていたが、所領の範囲や家臣の扱いをめぐって意見のくいちがいがあり、交渉が難航した。

これは頼忠の引き延ばし工作で、裏では北条と通じているのではないかと疑った忠次は、家康から信州十二郡の差配を任されていることを告げ、必ず要望に応じると約束して決断を迫った。

忠次は誠意の男である。

説得したい一心でしたことだが、頼忠はこれを脅しと取った。しかも家康が信州を忠次に与えたのなら、自分たちの独立は勝ち取れないと判断した。

そのため態度を一変させ、交渉を打ち切って北条の援軍を待つことにした。

忠次はやむなく攻撃を命じたが、城の守りは堅く攻略の手がかりさえつかめなかった。

報告を受けた家康は愕然《がくぜん》とした。本多正信の助言を聞いていればと、自分の読みの甘さを痛感させられたのだった。

酒井勢が高嶋城を攻めあぐんでいると聞いた鳥居元忠と大久保忠世は、加勢に駆け付けたいと申し出た。

「大事の相談にあずかりながら、お役に立つことができませんでした。この失態は戦場《いくさば》で取り返す所存でござる」

二人とも忠次の求めに応じるように進言した責任を感じている。

それ以上に忠次の苦境を救い、面目が立つようにしてやらなければと意を決していた。

「そなたたちのせいではない。読みちがえたのは、このわしだ」

家康は二人をなだめた上で、高嶋城攻めに二千の援軍を送ることにした。

「大将は忠世がつとめてくれ。元忠は本陣に残り、北条の動きにそなえてもらいたい」

北条の脅威は北からばかりではない。

東の相模口からは岩殿《いわどの》城（山梨県大月市）、南の駿河口からは御坂《みさか》城（山梨県南都留郡）に、続々と軍勢を送り込んで甲府への侵攻をねらっていた。

忠世は大須賀康高、本多広孝《ひろたか》ら歴戦の武将を組頭に任じ、二千の軍勢を組織して七月十七日に高嶋城攻めに向かった。

夏の終わりだが、甲府盆地はうだるように暑い。

しかも浅間山の噴火でふり積もった火山灰から硫黄《いおう》の臭いが立ちのぼり、息をするにも難渋するほどだった。

「十四日に殿が出陣しておられたなら、こんなことにはなりませんでした」

見送りに出た家康の横で、本多正信が仕方なげにつぶやいた。

「分かっておる。今度は酒など飲まずに直言してくれ」

「いいえ。少しも分かっておられませぬ」

「何がじゃ」

「ご自分のお立場です。今や殿は信長公に替わって天下を導く方だと見られております」

　だから家康が行っただけで、頼忠の心を動かせたはずだというのである。

「これからはご自分が信長公のように見られていると、肝に銘じて下され」

「上様のようにか……」

　確かに信長が直々に顔を出したなら、多くの国衆は感激して従うにちがいない。しかし家康には、自分がそんな風に見られているとは、まだ思うことができないのだった。

「それに信長公の一味だと見られていることも忘れてはなりませぬ」

「一味だと」

「信長公はすべての武士から領地を召し上げ、公儀の命を受けて統治するだけの役人を配置しようとしておられました」

　信長がめざしていたのは、土地と領民の私有を否定し、すべてを中央政権が管理するやり方だった。

大名や国衆が領土の拡大をめざして争っている限り、いつまでたっても戦いを終わらせることができないし、日本を一元的に支配することもできない。

そこで信長は武士の存在を否定し、中央から官僚を派遣して統治させる仕組みを作り上げようとしていたのである。

「そのことは河尻秀隆どのや森長可《もりながよし》どのらの治政により、信濃や甲斐の国衆も分かっております。信長公の横死によって一挙に領国が崩れたのは、国衆の誰もそんなことを望んでいなかったからでございましょう」

「確かに、そうかもしれぬ」

「その望まれぬやり方の後継者だと、殿は見られているのでございます。殿に従うより上杉や北条に従った方が身のためだと、国衆が思うのは当たり前ではないでしょうか」

「つまり忠次は、川中島から逃げ去った森どのや河尻どののように思われたということか」

高嶋城が落とせないまま十日ちかくがたつと、不穏な気配が信州中に広がっていった。

家康に従っていた箕輪城の藤沢頼親や深志（松本）城を制圧していた小笠原貞慶までが、諏訪頼忠に同調して離反する動きを見せはじめたのである。

そんな時、北信濃の探索にあたっていた服部半蔵が報告にもどった。今も配下とともに飛び回っているようで、赤黒く日焼けしていた。

「北条氏直は上杉討伐を諦めました。数日のうちに南下してくると思われます」

「何ゆえじゃ。大きな戦《いくさ》があったとは聞かぬが」

「北条氏直は真田昌幸の秘策によって上杉景勝を討ち果たせると思っていたのでござる。その秘策とは昌幸と海津城の春日信達《のぶたつ》が示し合わせ、上杉と北条が合戦に及んだなら、北条方として挙兵するというものでござった」

この策を成功させるために、昌幸はぎりぎりまで上杉方として行動していたが、合戦の前夜に計略が露見して春日信達は討ち取られた。

そのために窮地におちいった昌幸は、馬脚をあらわして北条方の陣地に駆け込んだのだった。

「曲者《くせもの》の真田は、上杉と北条を手玉に取ろうとしていたのだな」

「氏直は甘言に誘われて北に向かったものの、上杉と正面から戦って勝つほどの力量はござらぬ。そこで軍勢を返し、甲斐を標的にすることにしたようでござる」

氏直はまだ二十一歳。実戦の経験もとぼしく、二万もの大軍を動かす力量はないようだった。

「そのような若造なら、真田の狐はさぞ歯がゆい思いをしていような」

「さようでございましょう。計略が露見したのも、北条方が合戦前夜に海津城の様子をさぐらせようと密偵を送ったせいだったようでござる」

「その狐、こちらに誘えぬか」

「…………」

「北条勢が南下してきたなら、我らは甲州街道ぞいに陣城を築いて動きを封じる。その時真田が我らの身方になり、依田信蕃どのと力を合わせて小県郡、佐久郡を制圧したなら、どうなると思う」

「北条勢は上野への道を封じられ、兵糧、弾薬の補給がつづかなくなりましょう」

「そうじゃ。それを狙いたい」

「身方に誘うとすれば、我らが優勢になること、相手の望むものを与えること。この二つが必要でござる」

「真田は何を望んでおる」

「小県郡と上野の沼田領を確保することでございましょう」

「ならばそれを与えると約束せよ。北条勢はわしが何とかする」

七月二十九日、北条勢二万は越後街道を南下して諏訪に向かってきた。

北条勢がこのまま茅野《ちの》を制圧すれば、高嶋城を攻めている大久保忠世らは甲府への退路を断たれることになる。

それを避けるために全軍退却することにしたが、誰が殿軍《しんがり》をつとめるかをめぐって争いが起こった。

信濃の国衆への調略に失敗した酒井忠次は、殿軍をつとめて一同の無事をはかるのが自分の責任だと言い張った。

ところが忠世は、甲斐方面からの援軍をひきいてきたのは自分なのだから、殿軍は我らに任せよと言って譲らなかった。

忠次の立場は辛《つら》い。

信州十二郡の差配を任せるように家康に願ったのは、決して我が身の栄達を望んだからではなかったが、そのことが裏目に出て諏訪頼忠、藤沢頼親、小笠原貞慶らが離反した。

その結果、北条勢の南進を招いたのだから、この場は何としてでも自分が殿軍をつとめ、援軍を無事に退却させなければ申し訳ないと思い詰めていた。

忠世は忠次の胸中を百も承知している。

こんな状態で殿軍をつとめさせたなら、一人だけでも踏み留まって討死《うちじに》しかねないと案じていたが、一軍の将たる忠次に下手な情けをかけては面目をつぶすことになる。

そこで「戦のことは我らに任せておけば良いのじゃ」と強気なことを言って、忠次を先に退却させようとしたのだった。

北条勢は刻々と迫っているのに、忠次と忠世は我を張って一歩も譲らない。このままでは危ういと見た大須賀康高は、甲府の本陣に急使を送って家康の出陣を乞うた。

「殿が出陣なされるゆえ迎えの仕度をせよと、酒井どのにお申し付け下され」

そうすれば忠次も我を張ることができなくなるというのである。

「承知した。明朝早々に出陣する」

家康は忠次あての書状をしたためて使者に渡した。

家康の出陣を知らされ、忠次が先に撤退することを承知したのは、亥《い》の刻（午後十時）過ぎである。

その後に大須賀康高、石川康通《やすみち》、本多広孝、大久保忠世、有泉大学助（穴山衆）の順でつづき、殿軍を岡部正綱がつとめた。

月末のことで月明かりはさしていないが、幸い満天の星がまたたいている。天の川もくっきりと空に横たわっている。

その明かりを頼りに徳川勢は急ぎ足で退却していったが、この動きを察した北条勢の先陣五千は、甲州街道ぞいの丸山《まるやま》に布陣して退路を断とうとした。

物見の報告でこれを知った康高は、三百ばかりの鉄砲隊を先に丸山まで行かせ、敵の先陣が来るのを待ち構えて鉄砲を撃ちかけた。

驚いた北条勢は半里（約二キロ）ばかりも後退し、夜明けを待って丸山に攻めかかることにした。

その間に徳川勢全軍が丸山の背後を通過し、甲斐の白須《しらす》（北杜《ほくと》市白州町）まで撤退したのだった。

翌八月一日の夕方、家康は三千の軍勢をひきいて渋沢《しぶざわ》（北杜市長坂町）まで出陣した。

先陣は鳥居元忠がひきいる鉄砲隊と槍《やり》隊一千。馬廻《うままわ》りは本多《ほんだ》忠勝《ただかつ》、榊原康政《さかきばらやすまさ》、井《い》伊《い》直政《なおまさ》らが固めていた。

渋沢は八ヶ岳《やつがたけ》の裾野が釜無《かまなし》川に向かってなだらかに下っている場所に位置している。

本陣の造営を命じられた酒井忠次は、街道ぞいの寺を借り受けて家康の宿所とし、まわりには二重の柵をめぐらして守りを固めていた。

兜《かぶと》を脱ぎ鎧《よろい》の胴をはずしてくつろいでいると、井伊直政が庭先から声をかけた。

「酒井左衛門尉さまが、御意を得たいとおおせでございます」

直政は二十二歳になる。

家康に小姓として仕えたのは七年前、まだ虎松《とらまつ》と名乗っていた頃だが、それ以来めきめきと頭角を現し、戦場でも忠勝、康政に次ぐ働きをする。

思慮深く配慮も行きとどいているので、近習《きんじゅ》に取り立てて戦場での取り次ぎ役に任じていた。

「忠次が、何しに来た」

家康は直政に目もくれなかった。

「御意を得たいと、おおせでございます」

「御意を得たいとは、どういうことだ」

「お目にかかり、高嶋城攻めの報告をなさりたいものと存じます」

忠次は諏訪頼忠の離反を招いたことをわびに来たに決まっている。だが直政は忠次に配慮し、さりげなく報告という言葉を使ったのだった。

「言い訳など聞きたくないし、しけた面《つら》を見たくもない。そう伝えよ」

「お言葉を、そのまま伝えてもよろしいでしょうか」

直政が問い直したのは無理もない。家康がこれほど厳しく突き放すのは、めったにないことだった。

「構わぬ。良からぬ者の取り次ぎに来た、そちの面を見るのもうとましいほどじゃ」

家康の言葉を聞いた忠次は、その場ではらはらと涙を流したという。

かくなる上は腹を切ってわびるしかないと、ひそかに決意したようだった。

翌日、朝餉《あさげ》を終えた頃を見計らって、本多正信がやって来た。

正信は腰に持病があるので、戦場でも具足《ぐそく》をつけなくて良いと家康から認められている。

矢弾などは知恵でよけるものだとうそぶき、道服のまま歩き回っていた。

「北条の先陣部隊は、丸山に布陣して本隊の到着を待つようでございます」

正信は一向一揆にいた頃からの配下を持ち、独自に探索に当たらせていた。

「本隊はいつ頃諏訪に入る」

「あと三日か四日後でございましょう」

「それまでに陣城をきずいて、甲州街道を封じねばならぬな」

「その前に、お聞きとどけいただきたいことがございます」

酒井忠次に会って言葉をかけてやってくれ。正信はそう言って頭を下げた。

「ほう、そちに取りなしを頼んだか」

「帰り新参の拙者《せっしゃ》が重用されるのを、左衛門尉どのは快く思っておられますまい。

あるいは信州の差配を任せるように願い出られたのは、拙者に負けたくなかったからかもしれません」

「忠次には東三河《ひがしみかわ》の差配を任せておる。帰参して一月あまりのそちとは、家中における重みがちがう」

うぬぼれたことを言うなと、家康は鋭く釘《くぎ》を刺した。

「それなら何ゆえ、拙者に取りなしを願われたのでございましょう。拙者の言葉なら、殿も聞きとどけて下さると思われたからではないでしょうか」

「………」

「しかし、それを認めて拙者に頭を下げることは、左衛門尉どのにとって耐え難い屈辱だったはずでございます」

その屈辱に耐えて頼みに来たのは、余程の覚悟があってのことだ。もしお許しがいただけないなら、腹を切って責任を取ろうとなされるだろう。

「そのようなことになれば、殿にとってどれほど大きな損失になるか、お分かりでございましょう。左衛門尉どのは、信州一ヶ国に替えるにはあまりに惜しい御仁でございます」

「へそ曲がりのそちが、それほど見込んでくれたか」

「いささか世間の荒波にもまれて参りましたので、人を見る目だけは身につけたつもりでおります」

「今のわしをどう見る」

家康は正信ににやりと笑いかけた。

「大敵を前に、少々性急になっておられるように見受けます」

「そちが世間の荒波にもまれていた間、わしもいささか戦場でもまれてきた。この点において、そちはわしに及ばぬ」

「左衛門尉どのをお許しにならないのは、そのためでございましょうか」

「忠次には生きる算段をせよと伝えよ。腹を切っても、わびにはならぬ」

「承知しました。お言葉を左衛門尉どのに伝えて参りましょう」

正信は何かを察したらしく、そのまま引き下がった。

家康の怒りは尋常ではないという噂《うわさ》はまたたく間に広がり、将兵たちは身が引き締まるほど緊張した。

忠次は家康がもっとも信頼している重臣である。

その彼でさえ面会を許されないとは、ただごとではあるまい。そうした張り詰めた空気が、本陣ばかりか釜無川の対岸に布陣する先陣部隊にまで広がったのだった。

翌三日の早朝、直政が再び取り次ぎにやって来た。

「大久保さま、大須賀さま、石川さまが参られました。お目にかかりたいとおおせでございます」

「何の用じゃ」

「御前にて申し上げるとのこと」

「おお方、忠次のことであろう。余計な気遣いをする隙があるなら、目の前の敵に備えよと申し付けておけ」

手厳しく対面を拒まれた大久保忠世や大須賀康高らは、かくなる上は敵を追い払って忠次の失策を補うしかないと一決し、先陣部隊二千をひきいて丸山に向かった。

これを知った忠次も、五百の手勢をひきいて後を追ったが、家康の許しを得ないで本陣を離れるのは重大な軍令違反である。

そこで嫡男家次《いえつぐ》を家康のもとにつかわし、

「目通りを許していただけないので、やむなく勝手の出陣をいたします」

そう伝えさせた。

家次の母は家康の叔母《おば》の碓井《うすい》の方《かた》である。若くして寡婦になった叔母を案じ、家康が口実をもうけて忠次に娶《めと》らせたものだ。

その子が十九歳の若武者に成長し、口上を述べるなり颯爽と父の後を追っていったのだった。

先陣部隊の勢いは凄《すさ》まじく、またたく間に北条勢を追い払って丸山を奪い返した。

使い番から報告を受けた家康は、

「これこそ武士たる者の身の処し方だ」

そう言って皆の働きをねぎらってから、北条の本隊が出てきたならただちに兵を引くように伝えさせた。

その日の夕方、鳥居元忠、本多正信、本多忠勝、榊原康政らを集めて軍議を開いた。

「敵の本隊は二、三日のうちに丸山まで攻め寄せて来る。それを見て先陣部隊が退却を始めれば、勢いに乗って追撃してくるだろう」

家康は絵図を指しながらこの先の見通しを語った。

「我らは先陣部隊の到着を待ち、敵をあしらいながら新府城《しんぷ》（韮崎市中田町）まで引き上げる」

新府城は武田勝頼が釜無川ぞいの高台にきずいた広大な城である。

勝頼はこの城にこもって織田勢を迎え撃とうとしたが、離反する者が続出したために城に火を放って大月《おおつき》方面へ落ちていった。

その後甲斐に入国した河尻秀隆は、万一の場合に備えて城の修復を進め、御殿や陣小屋なども整備していた。

家康も北条勢との戦いに備え、大須賀康高らに城の強化を急がせていたのだった。

「さすれば北条氏直は若神子《わかみこ》城（北杜市須玉町）に本陣をおき、新府城を攻め落とそうとするであろう。両者の距離はおよそ二里（約八キロ）。戦いに勝つ手立ては二つある」

ひとつは釜無川と塩《しお》川の間に陣城をきずいて街道を封じること。

ひとつは鉄砲隊と長槍隊を駆使して敵の侵攻を防ぐことだと、家康はいつになく口数が多かった。

「すでに新府城のまわりの国衆には、城や館、寺を陣城として使わせてくれるように頼んである。そこで弥八郎（正信）と平八郎《へいはちろう》（忠勝）には、これから現地へ行って万全の備えをしてもらいたい」

正信は老猾《ろうかい》な知恵者、三十五歳になる忠勝は、「家康に過ぎたる者」と謳《うた》われた戦上手である。

二人を組み合わせれば、その力は二倍にも三倍にもなるはずだった。

「元忠と小平太《こへいた》（康政）は鉄砲隊の指揮をとれ。槍は三間半《けんはん》（約六・三メートル）のものを用意せよ」

街道を攻め下ってくる敵を防ぐには、信長が桶狭間《おけはざま》で用いたテルシオ部隊の戦法が有効である。

「大手口はそれで防ぐとして、搦手口《からめて》はいかがなされまするか」

元忠が絵図をのぞき込んだ。

新府城は甲斐の北西に寄りすぎている。

中心地はあくまで甲府だが、そこには駿河、相模、武蔵から峠をこえて通じている道がいくつもある。

北の武蔵からは、雁坂峠《かりさか》をこえる秩父往還《ちちぶ》と柳沢峠《やなぎさわ》をこえる青梅街道《おうめ》。

東の相模からは、笹子峠《ささごこ》をこえる甲州道。

南の駿河からは、御坂峠《みさか》をこえる鎌倉《かまくら》街道と右左口峠をこえる中道往還。

北条氏政は三方面に二万五千の軍勢を展開しているので、大手の氏直勢にばかり気を取られていると、搦手から乱入した敵に甲府を占領される恐れがある。

そうなれば徳川勢一万二千は、四万五千の大軍に挟み撃ちにされるのだった。

「それについてはわしに考えがある。だが今のところ、搦手口から北条勢が攻め寄せて来る心配はなさそうだ」

服部半蔵の配下たちはすべての峠に身をひそめ、北条勢の動きを見張っている。

そして日に一度は早馬を出し、状況を報告していた。

「その間に我らは大手の敵を正面に引き付け、寸毫《すんごう》たりとも身動きできぬようにしなければならぬ。搦手口にそなえるのはそれからだ」

家康は各将に仕度を急ぐように命じて散会させた。

「なるほど。殿の狙いは敵の前に生餌《いきえ》を投げることでしたか」

道服を着た正信は、その場から動こうとしなかった。

「何のことだ」

「左衛門尉どのや先陣諸将に丸山を奪い返させたのは、氏直の本隊をおびき出すためでございましょう」

そうしなければ氏直は搦手口の身方と連絡を取り、いっせいに甲斐に攻め入ってくる。それを避けるためには、血気盛んな先陣部隊に丸山を奪回させ、大手口を閉ざそうとしていると思わせなければならなかった。

「それゆえ左衛門尉どのを責め立てて、先陣諸将の同情を誘い、武士の面目をかけた出陣をするように仕向けられたと見受けました」

「神影流《しんかげ》に後の先を取るという奥義がある。敵が先に動けば、どこに隙があるか見定めることができる」

「それにしても危うい戦でございますな」

正信は絵図をながめてため息をついた。

甲府盆地はすり鉢の底のようである。

そこを四万五千の大軍で囲まれているのだから、状況は織田信忠《のぶただ》勢三万に攻められた武田勝頼とほぼ同じである。

勝頼は新府城では防戦できないと見て、岩殿城（大月市）を頼って落ちのびたが、家康は自ら新府城に入って火中の栗を拾おうとしているのだった。

「勝頼は腰抜けじゃ。高天神城《たかてんじん》で男の勝負を挑んだ時、尻尾を巻いて甲斐に逃げ帰った。それゆえ重臣たちからも見放され、家を保つことができなかった。だがわしはちがう。初陣以来練り上げてきた戦ぶりを、しかと見届けるがよい」

八月六日、氏直勢二万が丸山を奪い返そうと攻め寄せてきた。

先陣諸将はぎりぎりまで敵を引き付け、整然と撤退にかかった。

丸山から渋沢方面へは三本の道が平行して走っている。

武田信玄が軍勢の移動をすみやかにするために整備したもので、北から上の棒道《ほうみち》、中の棒道、下の棒道と呼ばれている。

先陣諸将は、中の棒道を渋沢の本陣に向かった。北条勢二万は、一気に本陣を衝いて家康の首を取ろうと、上の棒道を追撃してきた。

家康はこの動きを読んでいる。

周囲の地形に通じた武田遺臣の曲淵吉景《まがりぶちよしかげ》、正吉父子に二百の鉄砲隊をさずけて上の棒道に待ち伏せさせた。

横合いからの銃撃にさらされた北条勢は、物見を出して伏兵がいないことを確かめてからでなければ動けなくなった。

その間に先陣諸将は渋沢の本陣にたどり着き、鳥居元忠、榊原康政の鉄砲隊に殿軍を任せて新府城下まで引き上げた。

家康は本陣を城下に移し、陣幕を張って諸将を出迎えた。

酒井忠次、大久保忠世以下、家康に対面を拒まれた諸将が、片膝をついて神妙に控えた。

「皆武者の面構えじゃ。働きも見事であった」

その言葉に皆の緊張がとけ、鎧の肩がほっと下がった。苦難を共にしたことで、皆の結束がいっそう固くなっていた。

「敵は明日にも攻め寄せて来るだろう。今夜はゆっくりと休め」

家康は後の差配を忠世に任せ、馬廻り衆と忠次勢を連れて甲府の尊躰寺にもどることにした。

「甲斐を守り抜くには、そちの力が必要じゃ」

家康は忠次に馬を寄せ、覚悟しておけとばかりに背中を叩いた。

新府城下から甲府まではおよそ五里（約二十キロ）。馬を飛ばせば半刻（約一時間）で着く。

家康は尊躰寺にもどると服部半蔵を呼んで状況をたずねた。

「相模口の敵は岩殿城に集まっております。その数はおよそ五千。三、四日のうちには攻め寄せて参りましょう」

これに対して徳川勢は、甲州道ぞいの大野砦《おおのとりで》に五百の兵を配しているだけだった。

「中道往還にも三千ばかりの敵が回り込んでおります。対する身方は、本栖《もとす》城の五百でございます」

「それは、いつ攻めて来る」

「四、五日後と思われます。鎌倉街道ぞいの御坂城にも続々と敵が集まっております。おそらく搦手の大将が本陣とするのでございましょう」

「駿河口なら北条氏忠《うじただ》どのであろう」

氏忠は氏政の弟で勇猛をもって知られている。搦手の大将としての出陣なら、一万ちかい軍勢をひきいていると見なければならなかった。

「雁坂峠をこえた敵は、秩父往還ぞいの湯の平に布陣しております。こちらは二千たらずと存じまする」

敵は北、東、南の三方からいっせいに甲府に攻め込む手筈《てはず》をととのえている。対する徳川勢は支城に配した千五百余と、甲府にいる三千ばかりだった。

「そちなら、これをどう守る」

家康は甲斐の絵図を忠次の前に押しやった。

「さようでございますな」

忠次はしばらく絵図を見すえ、各方面の峠に忍びを配し、敵が動いたなら狼煙《のろし》を上げて知らせるようにすると言った。

「うむ。それで」

「街道を二重の柵で封じるように、支城の身方に命じます。そして鳥居どのの鉄砲隊を中心とした遊軍を組み、狼煙の上がった方に駆け付けさせて敵を各個撃破いたしまする」

「支城への援軍はどうする」

「搦手の本隊が御坂峠から攻め寄せてくるなら、ふもとの小山《こやま》城に主力を置くべきでござろう」

「わしもそう思う。そこでじゃ」

尊躰寺の主力を小山城に移すので、忠次の手勢だけで甲府を守ってもらいたいと言った。

「その時になったなら、わしも尊躰寺に詰めて指揮を取る。刺客のおそれもあるゆえ、しっかりと守ってくれ」

八月七日、若神子城（北杜市須玉町）に本陣をおいた北条氏直は、新府城下に向けて軍勢を押し出してきた。

徳川勢は鳥居元忠、榊原康政の鉄砲隊を先陣とし、わずか半里（約二キロ）の近さで対陣した。

北条勢二万、対する徳川勢は五千。

四倍もの大軍とはいえ、徳川勢は陣城を各所に配していつでも籠城《ろうじょう》できる構えをとっている。

しかも三間半（約六・三メートル）の長槍と鉄砲を組み合わせたテルシオ戦法を自在に使える上に、精鋭ぞろいで士気も高い。

対する北条勢は、上野から北信濃への長行軍を強いられた上に、上杉景勝を討ち取る計略が失敗して氏直に対する信頼が揺らぎ、厭戦《えんせん》気分におちいっていた。

そのために北条方の諸将は徳川勢の備えを打ち破るのは無理と判断し、若神子城を中心として陣城をきずき、搦手からの身方の進撃を待つことにした。

翌八日、家康は馬廻り衆をひきいて新府城下に駆け付けた。

若神子城の正面の高台に布陣し、「厭離穢土《おんりえど》、欣求浄土《ごんぐじょうど》」の本陣旗を高々とかかげた。

若神子城からこれを見下ろした氏直は、何としてでも家康にひと泡吹かせようと、自ら馬を出して浅尾原《あさおはら》（北杜市明野町）まで移動した。

浅尾原は八ヶ岳からなだらかな裾野がつづく傾斜地で、あたりには火山灰質の畑が広がっている。

北条勢が布陣した場所からは、二本の細い道が塩川に向かってつづいているが、荷車がようやく通れるほどの幅なので大軍の移動には不向きだった。

家康は元忠と康政の部隊にあえて塩川を渡らせ、浅尾原から駆け下って来る敵に備えさせた。

三間半の長槍隊をずらりと並べて槍衾《やりぶすま》を作り、その後ろで鉄砲隊が射撃の構えを取っている。

これを見た北条勢はすくみ上がった。

ひと昔前の戦なら、高所から攻める方が圧倒的に有利であった。

だがこんな化物《ばけもの》のような長槍を構え、その後ろから鉄砲を撃ちかけられては、甚大な被害が出ることは避けられない。

鉄砲で応戦しようにも、これだけ傾斜がきついと弾が筒先から転げ落ちるので、装塡《そうてん》に手間取るのだった。

北条勢は厭戦気分におちいっている上に、搦手の身方が到着すれば労せずとも勝てると当て込んでいる。

そこで諸将は氏直に決戦を思いとどまるように進言し、若神子城に引き返すことにした。

かくて北条勢二万は若神子城を中心として、佐久往還ぞいの高台にある城や砦に立《た》て籠《こ》もることになったが、これは進むことも退くこともできない袋小路に追い込まれたも同じだった。

進もうとすれば行手に徳川勢と陣城群が待ち構えているし、退却しようとすれば強力な鉄砲隊が背後から追撃してくる。

これを脱するには、搦手の身方が甲府に侵攻するのを待ち、前後から呼応して徳川勢を打ち破るしか策がなかった。

家康が忠次や先陣諸将に丸山を奪回させて氏直を誘い出したのは、これを狙ってのことである。

当の重臣たちでさえそのことに気付いていなかったが、遠くにいながらいち早く察した者がいた。

北信濃に布陣していた上杉景勝である。

景勝は北条勢が甲斐に向かった後も海津城にとどまって動きを注視していたが、八月七日に氏直が若神子城に入ったと聞くと、八日には越後に向かって撤退を開始した。

家康の術中にはまった氏直には、もはや兵を返す力はないと見切ったからである。

家康も北条勢が動かぬと見定めると、元忠と康政の鉄砲隊五百をひそかに尊躰寺まで移動させ、搦手から攻めて来る北条勢に備えさせた。

そして十日には本陣旗を高々とかかげ、馬廻り衆をひきいて新府城に入った。

〈十日、家康陣を新府城へ寄せられ候〉

同行していた松平家忠《いえただ》は日記（『家忠日記』）にそう記しているが、その後家康は身方さえあざむく奇策に出た。

新府城内にとどまっていると見せかけ、松平康忠や本多忠勝らを従えただけでひそかに尊躰寺にもどった。十日の早朝、北条勢が笹子峠をこえて甲府への進撃を開始したとの報が入ったからである。

寺では酒井忠次や元忠が、緊迫した表情で出迎えた。

「ご苦労。敵の動きはどうだ」

家康は庫裏《くり》の部屋に忠次と元忠だけを呼び、絵図を広げて状況の分析にかかった。

「笹子峠をこえた北条勢は、大野砦の一里（約四キロ）ほど東まで先陣部隊を進攻させております」

その数は一千ほどで、本隊は峠の近くにとどまっている。元忠がそう告げた。

これに対して大野砦を守っているのは、松平清宗《きよむね》ら五百余名だった。

「中道往還からの敵は、本栖城を攻めようとしております。こちらは二千ばかりと、半蔵の配下が知らせて参りました」

この方面の指揮は、忠次が執ることにしていた。

本栖城には渡辺囚獄佑《わたなべひとやのすけ》を大将とする九一色《くいしき》衆五百余が立てこもっている。万一守りきれない場合には、右左口峠をこえて金毘羅山《こんぴらやま》砦まで退却するように命じていた。

「道の封鎖の手筈は」

「大野砦の東には、二ヶ所に柵をもうけております。冠木門《かぶきもん》のようにして、敵が攻めて来た場合にだけ道を封じます」

敵が侵攻してくる道のすべてに同じような柵を築き、銃撃する態勢をとっているという。

「狼煙は」

「雁坂峠、柳沢峠、笹子峠、御坂峠、右左口峠」

忠次が絵図の峠をひとつひとつ指さし、各所に半蔵の配下を配していると言った。

「北条氏忠の軍勢はどうした。御坂峠をこえたか」

「御坂城にこもったままでござる。軍勢は八千をこえるとのことでござるが、まだ氏忠どのが到着していないものと思われます」

「何ゆえそう思う」

家康は鋭い目を忠次に向けた。

「城内に三《み》つ鱗《うろこ》の本陣旗がありません。馬廻り衆もまだ到着していないようでござる」

「元忠、御坂峠は馬でこえられるか」

「こえることはできまするが、道が細く長蛇の列になるゆえ、戦の役には立ち申さぬ」

「ならば北条は徒兵《かち》だけで攻めて来よう。氏忠はすでに御坂城に入っていると見なければならぬ」

それなのに本陣旗を立てないのは、何か策があってのことにちがいなかった。

「笹子峠と中道往還の敵は、囮《おとり》ということでござるか」

元忠が長い眉を険しくしてたずねた。

「そうだ。我らの兵力を両側に引き付け、小山城に攻めかかるつもりであろう」

家康は当初の予定通り、本多忠勝ら二千の主力を小山城に向かわせることにした。

「それに大野砦にも五百の兵を加勢に向かわせよ。指揮は水野勝成《みずのかつなり》にとらせるがよい」

「それでは尊躰寺の守りが手薄になりすぎると存じますが」

「構わぬ。信玄公は躑躅ヶ崎《つつじがさき》の館の守りを手薄なままにしておられたではないか」

信玄は常々、城にこもってする戦は負け戦だと言っていた。

敵に領土を踏み荒らされる上に、甲斐のような山国では援軍も見込めないからである。

そこで棒道を整備し、敵が攻め込んで来たなら国の入り口で撃破できるように、騎馬を中心とした軍勢を徹底的に鍛え上げた。

これが世に名高い武田の騎馬軍団である。

その戦法に絶対の自信を持っていたからこそ、終生躑躅ヶ崎の館を強固な城郭にしようとはしなかったのである。

「馬はどれほど集められる」

「甲府にいるのは六百ばかりでござる」

忠次が答えた。

「ならば五百を鉄砲隊のために使え。元忠は二百五十騎をひきいて小山城に向かい、康政にも二百五十騎を与えてこの寺に詰めさせておく」

「騎馬軍団でござるか」

「そうじゃ。峠から狼煙が上がったなら、いち早くその方面に駆け付けて敵を撃退するのだ」

戦はその夜から始まった。

笹子峠から攻め入った北条の先陣部隊は、大野砦に夜襲をかけた。

この砦を占領すれば、青梅街道と秩父往還から進攻してくる身方の無事をはかることができる。

北条勢はそれを狙って一千の精鋭で、城の四方から攻めかかった。

砦には水野勝成らの援軍はまだ到着していない。

しかも夜中なので狼煙の合図も使えず、完全に不意をつかれたが、松平清宗らは何とか朝まで持ちこたえた。

そして峠からの狼煙で異変に気付いた元忠が、騎馬鉄砲隊をひきいて救援に駆け付け、敵を追い払ったのだった。

笹子峠から進攻した北条勢の夜襲は、本栖城攻めに向かっていた身方の別動隊にとっても意外なようだった。

おそらく十一日の早朝に攻めると申し合わせていたのだろうが、先陣部隊が夜襲を強行したために足並みをそろえることができなかった。

そこであわてて十一日の早朝から行動を起こしたものの、本栖城に立てこもった渡辺囚獄佑らに撃退され、百余人を討ち取られて退却した。

御坂城にいた北条氏忠らの始動はさらに遅れた。

甲州道と中道往還に徳川勢を引き付け、一気に小山城を攻め落とす計略を立てたものの、両者が相次いで撃破されたために、出撃は十二日の早朝になった。

一万にのぼる大軍だが、御坂峠をこえて細い山道を下るのだから、平野部に出るまでに一刻（約二時間）は優にかかる。

敵の動きは半蔵の配下が上げた狼煙で分かっているので、徳川勢は余裕をもって対処することができた。

「小山城に籠城すると見せて敵を引き付けよ。元忠は長槍を使って正面から、康政は道の脇に兵を伏せて側面から攻めるのだ」

家康は使い番を走らせて細かく指示をした。

北条勢は二手に分かれて攻めてきた。

氏忠勢七千は御坂峠から小山城へ。一門の北条氏光《うじみつ》、氏勝《うじかつ》は三千余をひきいて笹子峠に迂回《うかい》し、敗戦の兵をまとめて大野砦の攻略に向かった。

北条勢はうかつである。

家康がひそかに尊躰寺に移って指揮をとっていることも、小山城に二千の主力を移していることも知らない。

徳川勢が小山城に籠城していると聞くと、攻略はたやすいと見て城下に攻め入り、宿場や寺に押し入って乱妨取りを始めた。先陣部隊が城を包囲している間に、後方の雑兵たちが食糧や金品の掠奪《りやくだつ》にかかったのである。

これを見た鳥居元忠は、敵が城の包囲を完了する前に討って出た。

元忠の鉄砲隊は強力である。

鎌倉街道に出て筒先をそろえると、敵の先陣部隊を容赦なく銃撃した。敵が弾込めの隙をついて突撃してくると、後方の長槍部隊が前に出て槍衾を作った。

三間半（約六・三メートル）の長槍に敵が恐れをなしている間に、鉄砲隊は弾込めを終えて再び前に出て銃撃した。

北条勢は進撃の足を止め、楯を並べて防御陣地を築こうとした。

その時、街道脇の鎮守の森に身をひそめていた榊原康政の鉄砲隊が、氏忠の馬廻り衆めがけて鉄砲を撃ちかけた。

馬廻り衆は氏忠を守ろうと退却を始めた。

これを見て敵の先陣が逃げ腰になった時、

「今じゃ。かかれ、かかれ」

元忠の号令一下、長槍部隊が二人一組で槍を持って突撃にかかった。

北条勢はたまらず後ろに逃げようとしたが、鎌倉街道には身方が充満して動けない。やむなく道の左右に広がる田んぼに逃げ込んだ。

先陣部隊が壊滅するのを待って、本多忠勝らの精鋭二千が追撃を始めた。鉄砲隊に配されていた五百頭の馬を使い、騎馬隊を編成して猛然と追っていく。

北条勢は半里（約二キロ）ほど敗走し、平野の入り口に位置する黒駒《くろこま》で陣を立て直そうとしたが、後方の雑兵たちは乱妨取りに出払っている。

そのためにまともな陣形を取ることができず、総崩れになって御坂城に向かって敗走していった。

小山城の一里（約四キロ）ほど北にある大野砦を攻めていた氏光、氏勝勢も、本隊が敗走するのを見て浮き足立ち、水野勝成らに急襲されて敗走した。

〈つるの郡より、伊豆北條新左衛門介（氏忠）、古府中（甲府）近所まで働き候。古府中留守居衆かけ合、随一の者三百餘討取り候〉

松平家忠は十二日の日記（『家忠日記』）にそう記している。

古府中近所の横に「くろ駒へ」と書き足しているが、新府城の城番に当たっていた家忠も、家康がひそかに城を抜け出して尊躰寺に移っていることは知らなかったのである。

戦勝の報は尊躰寺にも届いたが、家康は警戒をゆるめなかった。

敗走したとはいえ、北条勢は搦手だけでも二万ちかく残っているはずだった。

第三章

北条との和睦

甲斐・信濃の勢力図

それから数日、何事もなかった。

北条《ほうじょう》勢は敗退した諸隊を立て直し、再度の攻勢に出ようと懸命である。

徳川《とくがわ》勢は諸戦の勝利に勢いづいたが、敵の三分の一の兵力しか持たない状況は変わらないままだった。

すでに八月中頃となり、甲斐《かい》の山々には秋の気配がただよっている。

遠くにそびえる富士山には初雪が降ったらしく、山頂がうっすらと雪におおわれていた。

家康《いえやす》は尊躰寺《そんたいじ》にこもったまま、北条勢の出方をさぐろうと心気を研ぎ澄ましていたが、八月十五日になって住職の然誉《ねんよ》上人が相談があると言ってきた。

背が高い初老の僧で、どことなく大樹寺《だいじゅじ》の登誉《とうよ》上人に面差しが似ていた。

「合戦のさなかにこのようなことをお願い申し上げるのは、はなはだ恐れ多いのでございますが」

明日は本尊のご開帳なので法要をいとなみたい。上人はそう申し出た。

尊躰寺は信玄《しんげん》の父信虎《のぶとら》が、真向三尊阿弥陀如来画像を本尊として開いた寺である。

この画像は唐の善導《ぜんどう》大師直筆と伝わるもので、あらゆる病を治してくれるご利益があると信じられていた。

寺では毎年一月十六日と八月十六日に厨子《ずし》の扉を開いて法要を行い、庶民の拝観を許しているのだった。

「むろん戦《いくさ》のさなかゆえ、庶民の拝観は断りますが、例年通りに諸寺の僧を招いて法要をいとなみたいのでございます」

「僧の数はいかほどでござろうか」

警固を担当している忠次《ただつぐ》が神経をとがらせた。

「五十人ほどでございます」

「それはちと難しゅうござるな。我らがどんな状況におかれているか、上人さまも存じておられましょう」

「このような時ゆえ、法要をして御仏《みほとけ》のお力にすがりたいのでございます。甲斐の者たちはこの半年、筆舌につくしがたい苦しみに耐えて参りました。浅間《あさま》焼けにつづいて武田《たけだ》家が亡《ほろ》ぼされ、新たな領主となられた河尻《かわじり》さまも討ち取られました。そして今また北条、徳川両家の大軍が侵攻し、戦乱の巷《ちまた》となっております」

だから法要をいとなみ、天下泰平と無病息災を祈念し、庶民を勇気づけたい。然誉はそう訴えた。

「上人のおおせはもっともである」

家康は登誉上人と話しているような懐かしさを覚えた。

「盛大に法要を営み、庶民の平安と成仏を願っていただきたい」

「しかし殿、それでは北条方に付け入る隙を与えることになりまする。僧の中にどんな者がまぎれ込むか分かりませぬぞ」

忠次はなおも反対した。

「ならば参列者の身許《みもと》を寺で確認していただけば良かろう。我々はこの寺に仮住まいさせていただいているのだ。法要を中止させられる立場ではない」

「ならば午前中だけにしていただきたい。そうでなければ責任を負いかね申す」

「忠次はこのように申しておりますが、半日だけでよろしゅうござるか」

「結構でございます。お許しいただき、ありがとうございます」

「我らも参列させていただいて構いませんか」

「どうぞ。御仏はどなたにも救いの手を差し伸べておられます」

翌十六日の辰《たつ》の刻（午前八時）から法要が始まった。

本堂には五十人ちかい僧が集まり、正面に安置した厨子の扉が開かれている。

真向三尊阿弥陀如来画像は、真ん中に阿弥陀如来、左に慈悲の観音菩薩《かんのんぼさつ》、右に知恵の勢至《せいし》菩薩を描いたものだった。

然誉上人が厨子の正面に座って導師をつとめ、左右に分かれた僧たちが読経をする。

家康は忠次や松平康忠《まつだいらやすただ》らを従えて僧たちの後ろに並び、両手を合わせて念仏をとなえた。これも大樹寺でのことを思い出させる行いで、しばし戦の緊張を忘れて御仏の手に心をゆだねた。

法要が終わると本堂で僧たちだけのお斎《とき》があり、正午過ぎにはそれぞれの寺に引き上げていった。

家康は庫裏《くり》の部屋で甲斐の絵図をながめながら、そろそろ北条勢が動き出す頃だと考えていた。

十二日の戦いから、今日で四日目になる。

二万もの軍勢が山中の砦《とりで》や城にひしめいているのだから、兵糧《ひょうろう》の不足に迫られているはずだった。

家康は昼餉《ひるげ》をすまし、庫裏のはずれにある厠《かわや》に向かった。本堂からつづく廻廊には忠次の配下が立ち、僧たちの立ち入りを厳しく禁じていた。

家康は小用を足し部屋にもどろうとした。

ふすまに手をかけて開けようとした時、背後で殺気が走った。

家康は背筋にぞくりと寒気を覚え、反射的に左に飛んで廻廊を転がった。

視野の片隅を白い影が飛び、体ごとぶつかってふすまを突き破った。

家康は中庭に下り立ち、何が起こったのか確かめた。

刺客は三十ばかりの浄衣の僧で、素早く立って中庭に飛び下りてくる。

得物は手槍《てやり》。三尺（約九十センチ）ばかりの竹の先に双刃《もろは》の穂先を仕込んだものだった。

「何者だ。徳川三河守《みかわのかみ》と知っての狼藉《ろうぜき》か」

家康は丸腰である。相手の目をにらみ据えて動きを封じようとした。

浄衣の僧は家康の視線を真っ向から受け止め、隙を誘おうと左に回りはじめた。

家康は動じない。奥山神影流《おくやましんかげ》直伝の足さばきで正対の姿勢をくずさなかった。

相手は左へ運んでいた足を止め、右に動くと見せかけて地を蹴った。

六尺ちかい巨体がふわりと浮いて間境《まざかい》をこえ、手槍の切っ先が家康の胸をねらって真っ直ぐに伸びてくる。

家康は体を半身に開いてこの一撃をかわし、すれちがいざまに相手の右腕に手刀を叩き込んだ。

僧は手槍を取り落としたが、地面に倒れ伏して竹の柄《つか》をつかみ、長い腕を伸ばして足を払おうとした。

家康は後ろに飛びすさってこれをかわし、木刀にできるものはないかとあたりに目をやった。

「狼藉者じゃ。出会え」

異変に気付いた警固の二人が、大声を上げて中庭に駆け込んできた。

相手がそちらに気を取られた瞬間、

「殿、これを」

忠次が廻廊から抜き身の刀を投げた。

柄を先にしてふわりと飛んできた刀を家康が受け取ったのと、浄衣の僧が手槍を突き出したのは同時だった。

もし家康が並の使い手なら、そのまま串刺しにされていただろう。

だが後の先を取る神影流の奥儀を極めた体は、相手の突きにそなえて半身の姿勢で刀を受け取り、そのまま手槍の柄をすぱりと両断した。

あっと立ちすくむ僧の背後から警固の二人が飛びかかり、腕をねじり上げて地べたに押さえつけた。

「殿、大事ござらぬか」

忠次が血相を変えてたずねた。

「騒ぐな。寺に迷惑をかける」

家康は駆けつけた十人ばかりを持ち場にもどらせ、僧の訊問を始めた。

「北条の手の者か、それとも武田家ゆかりの者か」

「…………」

「雇われ者の刺客ではあるまい。観念してありのままを話してみよ」

「穴山梅雪《あなやまばいせつ》さまの家来でござる」

僧が口を開いた。

「名前は」

「土屋蔵人信高《つちやくらんどのぶたか》と申す」

信高は梅雪が伊賀《いが》越えの最中に土民に討ち取られたと聞き、出家して菩提をとむらうことにした。

ところが一月《ひとつき》ほど前に、梅雪が身を寄せていた三条《さんじよう》家ゆかりの寺の者がやってきて事の真相を伝えたのである。

梅雪は土民に討たれたのではなく、家康の手の者に切腹させられたと知った信高は、家康を斬って主君の仇《かたき》を討とうと決意した。

そして機会をねらっていたが、尊躰寺での法要があると聞いて参列させてもらい、庫裏の床下にひそんでいたのである。

「わしは梅雪どのを切腹させてはおらぬ。伊賀越えの道を一緒に行こうと誘ったほどだ」

「嘘をおおせられるな。梅雪さまが徳川家の者に囲まれ、詰め腹を切らされたところを見たと、寺の者は申しておりました」

「わしの家臣がそんなことをするはずがない。寺の者は確かに徳川家の者だと申したのか」

「い、いや。そうではござらぬが……」

「ならば、何と申したのじゃ」

家康は警固の二人に手をゆるめさせ、僧を地べたに座らせた。

「徳川を裏切ったゆえ腹を切れと、賊徒どもは梅雪さまに迫ったそうでござる。そんなことをする者は、徳川の家臣以外にはござるまい」

「誰がそんなことをしたかは知らぬ。だがわしの家臣でないことは、天地神明に誓って明言することができる」

「で、では誰が」

「それは知らぬ。知りたければ、自分で宇治《うじ》まで行って調べてくるがよい」

そのための路銀だと、家康は銀の小粒を入れた革袋を渡そうとした。

「と、殿、お待ち下され」

忠次があわてて押しとどめた。

「このような者を野に放てば、いつまた襲ってくるか分かりませぬぞ」

「忠次、この者はな、土屋蔵人信高という。穴山梅雪どのの忠臣だ」

「は、はあ」

「蔵人はわしが梅雪どのを切腹させたと思って仇討ちに来た」

しかしそれは誤りなのだから、事実を知ればわしを仇とねらうことはあるまい。

家康はそう言った。

「殿をねらった刺客でござる。情をかける必要はござるまい」

「そうだとしても、亡き主君の仇を討とうとした心根は見事ではないか。わしが仇ではないと分かれば、うらむ筋合いもなくなる。のう蔵人、そうではないか」

家康がたずねると、信高は返事に窮して黙り込んだ。

「わしはそちの忠義心を信じる。宇治まで行って梅雪どのを討たせたのがわしではないと分かったなら、非を悔いてわしに仕えると約束せよ」

「…………」

「蔵人、そなたも武士なら二言はあるまい」

家康が一喝すると、信高は承諾のしるしに無言のまま頭を下げた。

「殿、酔狂がすぎまする。口実を並べて難を逃れ、また襲ってくるかもしれませぬぞ」

信高が路銀を持って出て行くのを見届け、忠次が懸念を口にした。

「襲ってくると思うなら、寺の警固を厳重にせよ。気が引き締まってちょうどいいではないか」

「そのおつもりなら、何も申しませぬが」

「あの蔵人という男、殺すには惜しい。当家に十年ばかり仕えたなら、竹千代《たけちよ》（秀《ひで》忠《ただ》）や福松丸《ふくまつまる》（忠吉《ただよし》）の補佐役として、いい働きをしてくれよう」

その日の夕方、服部半蔵《はっとりはんぞう》が急を告げた。

「湯の平に布陣していた北条勢が出陣の構えを取っております。明日朝駆けをして大野砦《おおの》を攻めるものと思われます」

「御坂城《みさか》の動きは」

「目立った動きはございませぬが、各方面からの使い番が出入りしております」

「湯の平の敵は囮《おとり》じゃ。秩父往還《ちちぶおうかん》から攻めると見せて、我らを大野砦に引き付けようとしているのであろう」

だとすれば北条勢の本隊は小山《こやま》城を標的とする。家康はそう読んで、半蔵に必要な手配を命じた。

次に近習《きんじゅ》の松平康忠を呼んだ。

「これから新府《しんぷ》城に行き、井伊直政《いいなおまさ》に会って本陣旗を借りてこい」

「殿が尊躰寺に移られていることを、皆に気付かれるのではございませんか」

「忠次が借り受けると伝えよ。直政がうまく計らってくれよう」

新府城の奥の間に家康がいるように見せかけるために、直政は重臣たちの報告や要請を取り次ぐ芝居をしている。

時には返答を迫られることもある難しい仕事だが、直政はいかにも家康が命じそうな指示をして、うまく乗り切っていたのだった。

翌十七日、家康は夜明け前に尊躰寺を出て小山城に移った。

小山城は甲府盆地の南東に位置する平城である。浅川《あさかわ》扇状地の北端の小高い丘に築かれ、北に流れる天川《てがわ》を天然の外濠《そとぼり》としている。

元は正方形にちかい本丸の曲輪《くるわ》に、土塁と空濠をめぐらしただけの小城だったが、家康は甲斐に入った大須賀康高《おおすがやすたか》や大久保忠世《おおくぼただよ》に城の強化を命じた。

鎌倉《かまくら》街道や甲州《こうしゅう》道を扼《やく》する場所にあるので、北条勢の標的にされると分かっていたからである。

康高や忠世の手際は見事で、城は二の丸、三の丸を持ち、まわりに築地《ついじ》塀《べい》をめぐらした要塞と化している。

家康は酒井《さかい》忠次の手勢をひきいて本丸に入り、康忠が持ち帰った「厭離穢土《おんりえど》、欣求浄土《ごんぐじょうど》」の本陣旗を高々とかかげた。

この時、北条勢およそ一万五千は、湯の平から攻め下ってくる身方《みかた》に呼応するために、鎌倉街道と甲州道に分かれて小山城に向かっていた。

前回の失敗にこりて乱妨取りを厳重に禁じ、竹束を大量に用意して銃撃に備えている。

そうして東と北から同時に攻めかかる計略だったが、小山城の本丸に家康の本陣旗がたなびくのを見て、凍りついたように足を止めた。

先陣の軍勢にさえ大敗したのである。家康が本隊をひきいて城に入ったなら、とても攻め落とすことはできない。

北条氏忠《うじただ》も氏光《うじみつ》、氏勝《うじかつ》も気勢をそがれ、鳩首《きゅうしゅ》して一決したのは、家康が留守した新府城を北条氏直《うじなお》の大手部隊に攻めさせる策だった。

「家康本隊がいないのなら、新府城の敵など恐るるに足りぬ」

早急に兵を起こせと命じる使者を、三手に分けて氏直が詰める若神子《わかみこ》城につかわした。

そうして陣を張って氏直勢が動くのを待ったが、未の刻《ひつじ》（午後二時）を過ぎた頃、搦手《からめて》の北条勢の背後で火の手が上がった。

御坂峠と笹子《ささご》峠の中腹あたりで野焼きのような煙が上がり、武田家の四割菱《よつわりびし》の旗が百本以上も立った。

これは半蔵が仕組んだことである。

かつて武田方として戦った国衆《くにしゅう》から旗を借り集め、近くの住人に持たせて武田の遺臣が徳川方として挙兵したように見せかけたのだった。

効果は絶大だった。

このままでは退路を断たれると恐慌をきたした北条氏忠は、ただちに全軍に退却を命じた。

兵糧の不足や長陣の疲れに倦《う》んでいた北条勢は、これ幸いと峠をこえて領国に引き上げ、搦手軍は一日にして消え失《う》せた。

徳川勢の鮮やかな勝利は甲斐の国中に伝わり、家康の声望は一気に上がった。

半年前に武田勝頼《かつより》が直面したのと同じ窮地に立たされながら、わずか数日で搦手の敵を追い払ったのである。

この度胸と手腕こそ、信玄公の後を継ぐにふさわしい。

武田家に仕えていた遺臣や国衆たちはそう思い、迷いをふり捨てて家康に従うことにした。

彼らは八月二十一日に寄り集まり、家康に臣従することを誓う起請文に連署して提出した。

これに信濃《しなの》の遺臣たちも加わって提出したものを「天正壬午《てんしょうじんご》甲信諸士起請文《きしょうもん》」と呼ぶが、その数は武田親族衆、直参衆、近習衆などを筆頭に八百余名にも及んだ。

この数には十二月までに提出されたものも含まれているが、八月二十一日に最初の起請文が提出された時点で、甲斐、信濃における家康の優勢は確定したのである。

この情勢を見て二人の曲者《くせもの》が動いた。

一人は小県《ちいさがた》郡の真田《さなだ》昌幸《まさゆき》である。

初めは上杉《うえすぎ》方、次に北条方に与《くみ》した昌幸に、家康は服部半蔵を使者として身方になるように誘っていた。

これに対して、昌幸は弟の加津野昌春《かづのまさはる》を家康のもとにつかわし、服属の交渉に入ることにしたのだった。

もう一人の曲者は木曽義昌《きそよしまさ》、四十三歳である。

木曽郡を領し武田信玄の娘真竜院《しんりゅういん》を妻にしていた義昌は、いち早く織田信長《おだのぶなが》に通じ、甲斐征伐のきっかけを作った。

その手柄を賞されて安曇《あづみ》郡と筑摩《ちくま》郡を与えられたが、本能寺《ほんのうじ》の変で信長が討たれたために二郡を維持することが難しくなった。

そこで家康との関係を修復し、信長から拝領した地であることを名分として両郡の回復をめざすことにした。

ところがその直後に北条と徳川の戦いが始まったために、隣国美濃《みの》を領する織田信孝《のぶたか》と緊密な連絡を取りながらなりゆきを見守っていた。

一方の家康は鮮やかな軍略で、搦手の北条勢をわずか数日で追い払った。これを見た義昌は、下条頼安《しもじょうよりやす》に仲介を頼んで家康に従うことにしたのだった。

家康は八月二十二日に頼安に書状を送って義昌の服属を認めることを伝え、八月三十日には所領安堵状を与えた。

その内容は次の通りである。

〈今度信長公より遣され候安曇、筑摩両郡の儀、ならびに貴所御本領のこと、いささかも相違あるべからず。いよいよ無二の御入魂肝要候ものなり〉

無二の御入魂とは、ひたすら忠節を尽くすという意味だが、家康は安堵状を与えた二日後にその実行を迫った。

北条方となっている高嶋《たかしま》城の諏訪《すわ》頼忠《よりただ》を、下条頼安とともに攻めるように命じたのである。

ところが曲者の義昌は、すぐに動こうとはしなかった。

たやすく応じては使い捨てにされると思ったのか、重臣の千村俊政《ちむらとしまさ》をつかわして安堵状を保証する起請文を下すように求めた。

「起請文だと」

家康は開いた口がふさがらなかった。

さんざん日和見を決め込んでおきながら、図々《ずうずう》しいにもほどがあると言いたかった。

「無理なお願いであることは承知の上だと、ご使者はおおせでございます」

取り次ぎ役の井伊直政が伝えた。

　小山城から新府城にもどって半月になる。その間家康も直政も、臣従を申し出る国衆の対応に忙殺されていた。

「骨のありそうな奴ではないか。通してみよ」

　千村俊政は矍鑠《かくしゃく》とした老人だった。もう八十過ぎのようだが、背筋が伸びて足取りもしっかりしていた。

「千村右衛門尉俊政と申します。主《あるじ》義昌の命により、三河守さまの起請文をいただきに参りました」

　眼光鋭く見上げて口上をのべた。

「ご老体はいくつになられる」

「八十七でございます」

「木曽の古木でござるな。長の道中は難儀されたことであろう」

　家康は年長者にやさしい。駿府《すんぷ》で人質になっていた頃、祖母の源応院《げんおういん》の懐でやすらいでいたので、年寄りに対する敬意と信頼を胸の奥深くに持っていた。

「今でも領内の杉、檜《ひのき》を見回っており申す。平坦《へいたん》な道に難儀することはございませぬ」

「それはお見事。直政、紙と筆を用意せよ」

家康は機嫌よく三条からなる起請文をしたためた。

一、向後いよいよ無二の入魂を申すべき事。

一、以来抜公事《ぬけくじ》表裏これあるべからざる事。

一、御知行方先判の如く相違あるべからざる事。

右の条々偽り申すにおいては、梵天帝釈《ぼんてんたいしやく》以下あらゆる神仏の罰を受けても構わないと誓ったものだ。

第二条の抜公事表裏とは、だましたり裏切ったりしないということである。

「古木どの、これでよろしいか」

花押を記した起請文を差し出すと、俊政はすべてをつぶさに読み、ひとつ足りないものがあると言った。

「何かな、足りないものとは」

「恐れながら、こたびの出陣に対する褒美でございます。当家は織田信孝さまの配下であり、三河守さまには加勢いたすのですから、出陣の対価をいただくのは当然と存じます」

「右衛門尉どの、お言葉が過ぎましょう」

直政がとがめるのを制止し、家康は何が望みかとたずねた。

「伊那《いな》郡箕輪《みのわ》城の藤沢頼親《ふじさわよりちか》どのは、諏訪頼忠どのに身方しておられます。高嶋城が落ちたなら、箕輪城を捨てて逐電なされましょう。その所領をいただきとうございます」

これまた法外な申し出である。

だが家康は難なく承知し、箕輪の諸職を義昌に与える旨の書状をしたためた。

「ただし古木どの、これは義昌どのが滝川一益《たきがわかずます》どのや森長可《もりながよし》どのからゆずり受けた、佐久《さく》や小県、川中島《かわなかじま》四郡の国衆の人質と引き替えじゃ。よろしいな」

そう念を押して承知させた。

その三日後、知多《ちた》郡緒川《おがわ》城主の水野忠重《みずのただしげ》が嫡男勝成《ちゃくなんかつなり》とともに陣中見舞いに来た。

忠重は家康の母於大の方《おだいのかた》の弟で、兄信元《のぶもと》が信長の命令で切腹させられた後、水野家を相続した。

その頃には家康に仕えていたが、勝成だけを徳川家に残し、後事を託して本家にもどったのだった。

「三河守さま、このたびの勝ち戦、まことにおめでとうございます」

忠重が三宝に載せた銀の延べ棒を勝成に進上させた。

「お心遣いかたじけない。沼津《ぬまづ》にはいつ？」

「五日前に着きました。幸い天気に恵まれ、三河《みかわ》湾から二日で着くことができました」

忠重は尾張《おわり》を領する織田信雄《のぶかつ》に属している。

信雄は家康の救援要請にこたえ、忠重に兵二千と鉄砲五百挺《ちょう》をさずけ、水野水軍の船で沼津に向かうように命じた。

沼津に着いた忠重は、三枚橋《さんまいばし》城を守る松平康親《やすちか》らと軍勢の配置を打ち合わせ、わずかな手勢とともに新府城に駆けつけたのだった。

「三枚橋城の様子はいかがでしたか」

「万全の備えと見受けました。それがしなどがいては邪魔になるばかりゆえ、こうして挨拶にまかりこしました」

「北条方に三枚橋城を落とされれば、退路を絶たれて孤立すると案じておりましたが、これで安心して正面の敵と向き合うことができます」

「おお方のことは藤十郎《とうじゅうろう》（勝成）から聞きました。三河守さまの采配《さいはい》の見事さに、武田家ゆかりの方々が信玄公を眼前にするようだと噂《うわさ》しておられるとか」

「それは大げさと存ずるが、おかげで武田の親族衆や直参衆までが臣従を誓ってくれました。その手勢は七千にのぼります」

「見事でござる。すべては三河守どのの精進のたまものでございましょう」

「信雄さま、信孝さまは、お健やかであられますか」

叔父《おじ》にあたる忠重に誉められるのが面映《おもは》ゆくて、家康は話題を変えた。

「実はそのことでござるが」

忠重は勝成に目くばせして席をはずすようにうながした。

「ご兄弟の仲が良くありません。信孝どのは柴田《しばた》どのと、信雄どのは羽柴《はしば》どのと組んでにらみ合っておられます」

「織田家に何かありましたか」

不吉な予感が家康の胸をよぎった。

北条家と対峙《たいじ》している最中に織田家が分裂すれば、家康は一転して窮地に追い込まれかねなかった。

「清洲《きよす》会議の直後から、信孝さまは羽柴どのを目の仇にしておられました。そして会議の取り決めに不満を持つ柴田どのや滝川どのを身方にして、羽柴どのの動きを封じ込めようとしておられます」

これに対して秀吉《ひでよし》は織田信雄に接近し、丹羽長秀《にわながひで》や池田恒興《いけだつねおき》を身方にして対抗してきた。

しかし清洲会議での合意を守るという約束があるので、これまで両派の対立が表面化することはなかったが、信長の百ヶ日の法要をめぐって争いは激化の一途をたどっているという。

「ひとつは誰が法要を取り仕切るかという問題があります。喪主は三法師《さんぼうし》さまがつとめられるわけですから、後見役の信孝さまが取り仕切るのが筋だと柴田どのや滝川どのは主張しておられます。これに対して羽柴どのは、明智光秀《あけちみつひで》を討って主君の仇を報じた自分が一番の功労者ゆえ、法要を行う資格があると言ってゆずろうとなされないのです」

「法要はどこで行うつもりですか」

「信孝さまや柴田どのは妙心寺《みょうしんじ》にすべきだとおおせられ、羽柴どのは大徳寺《だいとくじ》こそふさわしいと言い張っておられます。それに信長公の遺骨をどうするかという問題もあるのです」

「上様のご遺体は見つからなかったと聞きましたが、ご遺骨があるのですか」

「我々も驚いたのですが、阿弥陀寺《あみだじ》の清玉《せいぎょく》上人が変の当日本能寺に駆け付け、信長公のご遺体を荼毘《だび》に付して供養なされたそうです。ご遺骨も阿弥陀寺で保管されているとか」

秀吉はいち早くその事実をつかみ、清玉上人に遺骨の引き渡しを求めた。ところが上人は三法師に引き渡すのが筋だと言って拒否したという。

「この争いに、信雄さまはどう対応なされるのでしょうか」

「まだ決めかねておられます。羽柴どのと好《よしみ》を通じておられますが、求められるままに法要の喪主になれば、両派の対立が抜き差しならぬものになると案じておられるのです」

そうした優柔不断が信雄の欠点だと、忠重が仕方なげにつぶやいた。

「この件について、叔父上はどうお考えですか」

「天下の行く末に関わることゆえ、それがしごときには分かりません。三河守さまにご報告し、ご判断をあおごうと考えて馳せ参じました」

「ご厚情に感謝いたします。甲府にはいい温泉もありますので体を休めていって下さい」

「できれば信玄公の躑躅ヶ崎《つつじがさき》の館を拝見させていただきたいのですが」

「ならば勝成に案内させましょう。信雄さまへのお礼の書状は、沼津にもどられる時にお渡しいたします」


忠重を見送った後、家康は本多正信《ほんだまさのぶ》を茶室に呼んだ。

本丸御殿に作らせた四畳台目の狭い茶室で、自ら点前《てまえ》をつとめた。

「格別でござるな。殿に茶を点《た》てていただくのは」

「今日はじっくり話を聞きたい。酒に酔ったふりなどせず、思うところを言ってくれ」

家康は大ぶりの井戸茶碗《いどちゃわん》に薄茶を点て、正信の前に差し出した。

正信は喉を鳴らして茶を飲み干し、顎《あご》の下に茶碗を運んで香りを楽しんだ。

「この香りこそ、頭を洗う涼風でございます。知恵の回りを早めてくれましょう」

「水野どのが濃尾《のうび》の様子を伝えて下された。上様の百ヶ日の法要をめぐって、争いが激しくなっているようだ」

家康は忠重からの報告を詳しく伝えた。

「やはり、そうなりましょうな」

正信は飲み口を指でぬぐって茶碗をおいた。

「信孝さまと秀吉どののことか」

「信孝さまは吉田兼和《よしだかねかず》や近衛前久《このえさきひさ》公が本能寺の変に関わっていたことを知っておられました。それゆえ兼和を糾問したり、前久公を討ち果たそうとなされたのでございます」

「うむ、それは聞いた」

「しかも羽柴どのはそれをネタに朝廷を脅し、勅使に節刀をさずけさせるという芸当までやってのけました。間近におられた信孝さまは、その裏に何があったか察知されたのでございましょう」

「本能寺の変が起こることを知っていながら、秀吉どのは上様を見殺しにした。そのことに気付いたということだな」

「それゆえ羽柴どのは、信孝さまの口を封じなければなりません。やがて口実をもうけて戦を起こすことは目に見えておりました」

「百ヶ日法要は、その口実ということか」

「おおせの通りと存じます」

「しかし、信孝さまが秀吉どのの不実を知っておられるなら、公《おおやけ》にして身方をつのればいいではないか」

「それでは恥の上塗りになるばかりか、朝廷まで敵に回すことになりまする」

正信に言われて、家康ははっと茶筌《ちゃせん》の手を止めた。

確かにその通りである。秀吉は吉田兼和や近衛前久が変に関わっていたことをつかんで、朝廷を屈服させている。

信孝は兼和の罪を糾問しようとして秀吉に止められているし、前久を討とうとして取り逃がしている。

秀吉が本能寺の変が起こることを知っていたと主張するためには、もう一度兼和と前久が暗躍していたことを問題にしなければならないが、それは自分の初期対応の失敗を公にするも同じである。

それに秀吉は勅使を出させ節刀を受けることですでに朝廷と手を打っているし、信孝も同席していたのだから、この問題を蒸し返せば朝廷を裏切ることになりかねないのだった。

「ならば信孝さまは、どうなされる」

「鞆《とも》の浦《うら》の足利義昭《あしかがよしあき》公と手を組み、東西から羽柴どのを攻めようとなされるでしょう」

「それは無理じゃ。義昭公は信長公を討ち果たされた仇だぞ」

「それゆえ交渉は柴田どのが内密に行われましょうが、これもうまくいくとは思えませぬ」

「何ゆえじゃ」

家康は茶筌の手を動かし、自服のための茶を点てた。

こうした話になると、正信の知略は縦横を極める。頭に涼風を送り込まなければ、ついていくことができなかった。

「毛利《もうり》が義昭公を裏切るからでございます」

「………」

「備中《びっちゅう》高松《たかまつ》城から大返《おおがえ》しをする時、秀吉どのは毛利家に変事を告げて和睦《わぼく》し、旗と鉄砲を借りておられます。秀吉どのが帝から節刀を拝して官軍となられた今、この和睦を反古《ほご》にして何の益がありましょうか」

「毛利は秀吉どのに欺かれたのじゃ。旗と鉄砲を貸したのも、先陣となって義昭公に忠誠をつくすと言われたからであろう」

「おそらく、その通りかと」

「ならば秀吉どのに対して恨みを持っておられよう。信孝さまや柴田どのと組めば勝算は立つと考えても不思議ではあるまい」

「勝算など立ちませぬ」

「なぜじゃ。毛利は義昭公を奉じ、西国大名を身方につけることができるのだぞ」

「義昭公がまだ将軍の権威を保っておられるなら、それが可能でございましょう。ところがすでに権威の杖を失っておられます」

「義昭公はまだ将軍のままだ。廃位されたとも、別の者が将軍になったとも聞いてはおらぬ」

「お気付きになりませんか」

正信が井戸茶碗を差し出し、にやりと笑って二服目を所望した。

「な、何を」

「征夷大将軍の位をさずけるのは朝廷でございます」

「だから、何だ」

腹立ちまぎれに声をあらげた瞬間、家康はその意味に気付いた。

秀吉は朝廷の弱みを握り、節刀を拝領することに成功している。その力をもってすれば、足利義昭から将軍位を剝奪《はくだつ》することもできるということだった。

「秀吉どのは……、そこまで考えて事を起こされたのか」

「知恵袋となったのは黒田官兵衛《くろだかんべえ》。手足となって動いているのは、朝廷や大名家にいるクリスタンたちでございます」

「クリスタンは主君や帝まで裏切るのか」

「さよう。信者となった者にとって、神に仕えることだけが正義ですから」

「しかし、吉田兼和や近衛前久公が変に関わっていたからといって、朝廷そのものが牛耳られるほどの弱みではあるまい」

「もっと大きな弱みがあるとすれば、誠仁《さねひと》親王に関わることではないかと思われます。もし親王がご即位された後に変に関わっておられたなら、朝廷にとって由々しき大事でございましょう」

それが事実なら、帝が信長を討たせたことになる。

朝廷が秀吉の言いなりになるのは、その証拠を握られているからとしか思えない。

正信はそう言った。

「帝が上様を討つようにお命じになった……」

家康は事の重大さに改めて思い当たった。

信長は律令制にもとづいた国造りをするために、太上《だじょう》天皇になって朝廷の上位に立とうとしていた。

それは新しい国を築くまでの一時的なことで、やがてはご即位なされた五《ご》の宮《みや》さまに権限を返すと言っていたが、誠仁親王にとっては絶対に認めることのできないやり方だったにちがいない。

だから近衛前久らの計略を了承して、信長を洛中《らくちゅう》におびき出すために三職推任の書状を下されたのだろう。

しかも「今上《きんじょう》」と呼ばれ、安土《あづち》に吉田兼和を「勅使」として下す立場におられたのだから、朝廷がどんなことをしてもこの事実を隠さなければならない窮地に追い込まれたとしても不思議ではなかった。

「ならば毛利は、この先どうする」

「今さら義昭公に従っても、何の得にもなりません。義昭公を見限り、羽柴どのにすり寄ることで、天下統一の分け前に与《あずか》ろうとするはずでござる」

正信は相変わらず辛辣《しんらつ》だった。

「毛利は西国八ヶ国を領する大名だぞ。そのように軽々しく動くものであろうか」

「毛利にも羽柴どのに従わなければならない弱みがあります」

「それは何だ」

「お分かりになりませんか」

正信はいちいち家康の思考の水位を計ろうとする、何とも腹立たしい奴だった。

「分からぬ」

「毛利の金づるでございます」

「石見《いわみ》銀山か」

「ご名答。毛利は銀山を尼子《あまこ》に奪われることを防ぐために、朝廷に献上して禁裏御料所にしております。そうして朝廷から代官に任じられることで、銀山を支配してきました。その朝廷が羽柴どのに牛耳られたとなると、いかがなことになりましょうか」

「代官を罷免され、銀山を奪われるということか」

「それを避けるためには、羽柴どのに忠誠をつくし、少しでも多く利権を確保するしか道は残されておりません」

「そこまで先を読んで大返しをしたのか、秀吉どのは」

「計略を立てたのは、シメオン官兵衛でございましょう」

「それでは信孝さまはどうなる」

「このまま羽柴どのと合戦におよべば、間違いなく亡ぼされましょう」

「しかし信孝さまには柴田どの、滝川どの、前田《まえだ》どの、佐々《さっさ》どのが身方しておられる。秀吉どのとてそう簡単にはいくまい」

「そう思われますか」

頬骨の出たいかつい顔に、正信はあざけるような笑みを浮かべた。

（今度は何だ）

家康はそう怒鳴りたい気持ちを抑え、答えを見つけようと黙り込んだ。

秀吉と勝家《かついえ》の決定的な差は何か。それは知略や兵力や人望などではない。イエズス会を通じてスペインとつながっているかどうかである。

弾薬の原料となる鉛や硝石の大半は南蛮《なんばん》貿易によって入手しているのだから、スペインの支援を得ている秀吉が圧倒的に有利だった。

「鉄砲玉と火薬か」

「それがのうては戦に勝てませぬ。たとえ緒戦で信孝さまの陣営が勝ったとしても、長期戦になれば石つぶてや竹槍で戦わざるを得なくなりましょう」

「ではどうすれば良い。信孝さまに生きる道はないのか」

「あるとすれば三法師さまの後見役の座を羽柴どのにゆずり、臣従することでございます」

「それは無理だ。信孝さまや柴田どのに、そこまでの我慢はできぬ」

家康はふとお市《いち》の方《かた》のことを思った。

お市は勝家と岐阜《ぎふ》城で祝言をあげ、勝家の正室となって越前北ノ庄《えちぜんきたのしょう》城に移っている。正信の読み通りに事態が動くとすれば、北ノ庄城で勝家と共に滅亡することになりかねなかった。

「羽柴どのにも、弱点がひとつだけあります」

正信は家康の心配を見透かしたように話の向きを変えた。

「それは信孝さまを亡ぼす大義名分がないことです。信孝さまは主家に当たりますし、一方的に清洲会議での合意を破ることもできません。そこで信雄さまを奉じ、その命令で信孝さまを討つという形を取られましょう。その時こそ、殿の出番でございます」

「信雄さまとの関係を強化し、秀吉どのの勝手を許さぬということだな」

「さよう。信孝さまを救う手立てはそれしかありますまい」

「よう分かった。そのためにも北条との決着を急がねばなるまい」

家康はまず都の音阿弥《おとあみ》に使者を送り、秀吉が信長の百ヶ日の法要をどのようにやろうとしているか探らせることにした。

六月二日から百ヶ日といえば、九月十二日前後になるはずである。

その法要を機に信孝や勝家と本格的な戦いに入るつもりかどうか、確かなところを知りたかった。

次に北条氏直をどう叩くかである。

氏直は若神子城を本陣として、八ヶ岳《やつがたけ》から南に向かってなだらかに傾斜する丘に二万の兵を配しているが、家康が築いた強力な防御網にはばまれて身動きが取れなくなっている。

そこで家康は依田信蕃《よだのぶしげ》を支援して佐久郡を制圧させ、上野から碓氷峠《うすい》をこえて兵糧、弾薬を運び込んでいる北条家の補給路を断つことにした。

九月八日に軍資金として金四百両（約三千二百万円）を送ったばかりか、山道に詳しい修験者たちを案内役にして一千余の援軍を送り込んだ。

しかも小県郡の真田昌幸を身方に引き入れ、信蕃勢を支援させることにした。

この作戦の成功を決定的にしたのは、九月十七日に木曽義昌が佐久、小県、川中島四郡の国衆の人質を新府城に送り届けたことである。

兵五百をひきいて人質衆の警固役をつとめたのは、家康が起請文を与えた千村右衛門尉俊政だった。

「古木どの、良く来て下された。貴殿なら間違いあるまいと思っており申した」

「木曽の古木は、直ぐなるを身上としておりますゆえ」

俊政は背筋を伸ばし、誇らしげに答えた。

家康は佐久の人質衆を信蕃に、小県の者たちを昌幸に送って国衆に返すように申し付けた。

この効果は絶大で、両郡の国衆の大半が信蕃や昌幸を通じて家康に服属することになった。

これで補給路を完全に断った家康は、信蕃のもとに送っていた援軍を信州峠《しんしゅう》に向かわせ、峠から甲斐に下る道ぞいに北条勢がきずいた砦を次々に攻め落とさせた。

また海ノ口《うみのくち》城も奪回して、佐久往還を封じる構えを取った。

これで北条勢は退路を断たれ、身動きもならないまま兵糧攻めにさらされることになった。

北条氏政《うじまさ》は何とか嫡男氏直の窮地を救おうと、九月二十五日に沼津の三枚橋城への攻撃を開始した。

駿河《するが》の東部を制圧し、中道《なかみち》往還から甲府に攻め込むために、相模《さがみ》、伊豆《いず》の軍勢一万ちかくを動員した。

ところが家康はこれに備え、水野忠重がひきいる二千の援軍を三枚橋城に配している。

総勢五千となった徳川勢は、半数が城に籠《こ》もって敵を引き付け、半数が野に伏して敵の背後をつく戦法で、北条勢をやすやすと撃退した。

勝利を確信した家康は、九月二十八日に真田昌幸の服属を賞する書状を、仲介役の加津野昌春（昌幸の弟）に送った。

読み下しにすれば、おおよそ次の通りである。

〈この節房州（昌幸）当方に対され一味をとげられ御忠信あるべき旨、使札（書状）に預かり候。万事その方御取り成しゆえ、この如く落着候。まことにもって祝着この事に候。いよいよ以来（これから）の儀、無二の御入魂本望なるべく候。さてまた氏直への手切れの働きの儀、依田（信蕃）、曽根《そね》（昌世《まさただ》）おのおの相談され、然るべきように任せ入り候。委曲（詳しくは）使者の口上にあい含め候〉

手切れの働きとは、氏直と決別したことを示す軍事行動のことである。

家康はこの書状を昌春に送ると同時に、金五十両（約四百万円）を褒美として与えた。

まさに名人芸と言うべき手腕で北条勢を追い詰めていったが、十月二十日になって音阿弥の使者が都の状況を伝えた。

秀吉は十月十五日に大徳寺で信長の百ヶ日法要を営んだが、信雄や信孝、柴田勝家らは参列を拒否したのだった。

「これは柴田どのに天下を狙う野心があるからだと、洛中では噂されております」

使者はそう伝えたが、噂は秀吉が意図的に流したものにちがいなかった。

「羽柴どのは法要のために信長公の木像を二体作り、一体は大徳寺に納め、一体は遺骨のかわりに荼毘に付されたようでございます」

法要に際して朝廷から信長に従一位《じゅいちい》太政《だじょう》大臣の位が贈られ、門跡寺院の住職をはじめとして二千余人の僧が参列した。

朝廷を意のままにしている秀吉の計略によるもので、洛中では信長の後継者は秀吉に決まったという噂も流れているという。

これに対して柴田勝家は妙心寺で独自に法要を行ったり、諸大名に使者を送って秀吉の非を訴えているが、形勢は圧倒的に不利だった。

「殿、北条と和睦なされませ」

本多正信がそう勧めた。

「形勢は有利とはいえ、北条勢が音を上げるまで一、二ヶ月はかかりましょう。その間に羽柴どのが北条と手を結べば、面倒なことになりまする」

「しかし、こちらから和睦を申し入れては、これまで苦労してきた家臣たちが納得するまい」

「信雄さまと信孝さまに仲介を頼んだらいかがでございますか」

確かにそれなら名分が立つし面目を保つこともできる。しかも信雄、信孝との仲が強化できる一挙三得の策だった。

「分かった。水野忠重どのに使いを頼むことにしよう」

「和睦の条件は、どうなされますか」

「そちはどう思う」

「氏直の軍勢二万を押し詰めておりますゆえ、かなり強気に出ても構いますまい」

甲斐、信濃を徳川、上野を北条で分けてはどうか。正信がそう提案した。

「しかし、上野の沼田《ぬまた》城はすでに真田昌幸に与えると約束している。それを破ることはできぬ」

「ならば沼田領については、北条と真田で協議するという条件をつけられたらいかがでしょうか」

「それでは難題を両者に押し付けるようなものではないか」

「その通りですが、真田との約束を反古にしたと言われるよりマシでございましょう」

「真田も北条も、それでは納得するまい」

「早く和睦をまとめることが先決でございます。真田への借りは先々返すとして、北条にはそれなりの対価を支払わなければなりますまい」

「対価とは」

「氏政どのが欲しているのは、氏直どのの面目を立てることでございます。後継ぎの御曹子が足腰が立たぬほどやられたままでは、北条家の信用にかかわりますゆえ」

「縁組みをせよということか」

「督《とく》姫さまなら、歳《とし》も釣り合うと存じます」

氏直は二十一、家康の次女督姫は十八になる。正信はそんなことまで記憶しているのだった。

「お督が対価か」

何とも不愉快な言い方だが、確かに氏直の面目を立てるには最良の策だった。

交渉は密なるを要す。

家康は水野忠重を尾張に向かわせて信雄、信孝の了解を得ると、酒井忠次を北条氏規《うじのり》のもとにつかわして氏政への取り次ぎを頼んだ。

氏規は氏政の弟で、家康が今川《いまがわ》家の人質となって駿府で過ごしていた頃、今川義《よし》元《もと》の養子になって近従していた。

その頃から親交があったお陰で交渉は順調に進み、十月二十四日に氏規と和睦の条件を守る起請文を交わすことに成功した。

その翌日、家康は重臣たちを集めて状況を伝えた。

「皆も知っての通り、羽柴秀吉どのが信雄さまを、柴田勝家どのが信孝さまを奉じて対立を深めておられる。信雄さまも信孝さまもこれを憂慮し、わしに北条と和を結んで本領にもどり、上方の異変にそなえるようにお求めじゃ。これに応じて織田家の安泰をはかることが、亡き信長公に対する忠節だと思う」

酒井忠次や鳥居元忠《とりいもとただ》、大久保忠世、大須賀康高らが、静かに聞き入っている。

北条勢を撃退した采配の妙を間近で見ただけに、誰もが家康への信頼をかつてないほど強くしていた。

北条氏政との間で正式に和睦の覚書が交わされたのは、十月二十八日のことである。

これで家康は甲斐、信濃の領有を正式に認められ、駿河、遠江《とおとうみ》、三河と合わせて五ヶ国の太守《たいしゅ》となった。

次なる相手は、織田家から天下を奪い取ろうと目論《もくろ》む怪物秀吉だった。

第四章

近衛前久

天正十一年（一五八三年）の勢力図

北条《ほうじょう》との和睦《わぼく》が成った後も、徳川家康《とくがわいえやす》は甲府《こうふ》にとどまったままだった。

理由はいくつかある。

ひとつは北条勢の甲斐《かい》、信濃《しなの》からの撤退を見届けるためだ。

何しろ戦国の世である。偽りの誓約をして窮地を脱し、逆襲に転じて勝ったという例は数多い。

それを防ぐために北条勢二万の撤退を厳重に監視させたが、和睦の翌日には違約が明らかになった。

「北条勢が旭山砦《あさひやまとりで》の普請《ふしん》にかかっております」

服部半蔵《はっとりはんぞう》の配下が急を告げた。

旭山砦は北条方の甲斐進出の拠点で、佐久《さく》往還《おうかん》沿いに位置している。

北条勢は撤退する際に追撃されることを恐れて砦の補強にかかったのだが、これは明らかな誓約違反だった。

家康はさっそく全軍に出撃を命じ、北条氏直《うじなお》がいる若神子《わかみこ》城を包囲した。

そうして旭山砦のことを詰問すると、氏直は平身低頭してわびを入れ、砦の普請は取りやめるので撤退の安全を保障するために人質を交換させてほしいと求めてきた。

　そこで家康側からは酒井忠次《さかいただつぐ》の嫡男家次《ちゃくなんいえつぐ》、氏直側からは大道寺政繁《だいどうじまさしげ》の子直昌《なおまさ》を差し出し、撤退完了後に互いに引き取ることにした。

　もうひとつの理由は、信濃の国衆《くにしゅう》の動向を見極めることだ。

　甲斐の国衆は家康に服属したが、信濃には高嶋《たかしま》城の諏訪頼忠《すわよりただ》や深志《ふかし》（松本《まつもと》）城の小笠原貞慶《おがさわらさだよし》のように、北条と通じた者たちもいる。

　また真田昌幸《さなだまさゆき》のように、所領を守るために徳川家に身方《みかた》したものの、家康が独断で北条と和議を結んだために約束を反古《ほご》にされ、不満を持った者もいる。

　彼らがどう動くかを見極めなければ、信州《しんしゅう》が再び騒乱の巷《ちまた》となりかねなかった。

　そうした懸念を抱えながらも、ともあれ北条との対決に勝って甲信二ヶ国を手に入れたのである。

　家康は十一月三日に新府《しんぷ》城に重臣たちを集め、今後の方針について打ち合わせ、慰労の酒宴を張ることにした。

　大広間に集まったのは酒井忠次、鳥居元忠《とりいもとただ》、石川数正《いしかわかずまさ》、平岩親吉《ひらいわちかよし》ら古参の者たち、甲斐平定に功績のあった大須賀康高《おおすがやすたか》や大久保忠世《おおくぼただよ》、石川家成《いえなり》、康通《やすみち》父子。

三十代半ばとなった本多忠勝《ほんだただかつ》や榊原康政《さかきばらやすまさ》、若手ながらめきめきと頭角を現している井伊直政《いいなおまさ》など、綺羅星《きらほし》のごとくだった。

二列に居並んだ重臣たちの末席には、武田《たけだ》遺臣の岡部正綱《おかべまさつな》、曽根昌世《そねまさただ》、有泉大学助《ありいずみだいがくのすけ》、信州平定に功のあった依田信蕃《よだのぶしげ》、下条頼安《しもじょうよりやす》、保科正直《ほしなまさなお》が連なっている。

これからの甲信経営のためには欠くことのできない国衆だった。

家康の側《そば》にはいつものように松平康忠《まつだいらやすただ》が近侍し、評定《ひょうじょう》の進行役をつとめている。帰り新参の本多弥八郎正信《やはちろうまさのぶ》もいつの間にか側近になり、我が物顔で高い席についていた。

「皆の働きのお陰で、北条との戦いに勝つことができた。今日は今後の仕置きを申し合わせ、ゆるりと盃《さかずき》を交わそうではないか」

家康は居並んだ者たちを頼もしげに見回した。

よくぞこれだけの人材が集まってくれたものである。武田信玄《しんげん》が言った「人は石垣、人は城」とはこのことだと、改めて意を強くしていた。

「それでは仕置きについて申し上げます」

康忠が懐から書状を取り出し、家康が立てた方針について伝えた。

「甲斐国都留《つる》郡の知行は、鳥居元忠どのが岩殿《いわどの》城にて行われます。国中《くになか》地方（甲府盆地）は平岩親吉どのが躑躅ヶ崎館《つつじがさきやかた》に入って治められます」

康忠の言葉に応じて元忠と親吉が軽く頭を下げた。

「甲斐一国の政務は本多正信どのがつかさどり、農地の復興と領民の生活の再建にあたられます」

これこそ欣求《ごんぐ》浄土《じょうど》の理想をかかげる家康と正信が、もっとも重視している政策である。

武田家滅亡以来の戦乱と浅間山《あさまやま》の噴火の被害で困窮している甲斐の領民が、何より欲していることでもあった。

「信州は引きつづき酒井忠次どのに治めていただきます。補佐役を奥平信昌《おくだいらのぶまさ》どのがつとめ、下条どの、依田どの、保科どのにも与力として力を尽くしていただくようお願いいします」

信州の最大の課題は、諏訪頼忠、小笠原貞慶、そして真田昌幸をどうやって身方にするかということである。

中でも昌幸は沼田《ぬまた》領を接収しようとした北条勢の前に立ちはだかり、沼田城にこもって激戦をつづけている。

家康と北条家が取り決めた国分けに真っ向から異議をとなえる行動で、信州の国衆の中には共感する者も多いのだった。

「こたびの信濃攻めでは、多くの国衆が働いてくれた。中でも依田右衛門佐《えもんのすけ》と下条伊豆守《いずのかみ》の功績は抜群である」

家康はまず依田信蕃を御前に呼び出した。

信蕃は三十五歳。鋭い目と精悍《せいかん》な顔立ち、いかにも敏捷《びんしょう》そうな体付きをしている。

武田家に従っていた頃には二俣《ふたまた》城、高天神《たかてんじん》城、田中《たなか》城にこもって徳川勢と戦い、武田家の滅亡が迫ると城を明け渡して佐久郡の所領へ引き上げた。

やがて織田勢による残党狩りが激しくなったために、家康のはからいで遠江《とおとうみ》に身を隠した。

そして本能寺《ほんのうじ》の変の後にいち早く本領にもどり、家康方となって北条勢と戦いつづけたのである。

「山中の砦に押し詰められての戦いは、さぞ難儀したことであろう。しかし、そなたが踏みとどまってくれたお陰で、佐久郡を北条勢から奪い返し、兵糧《ひょうろう》、弾薬の補給を断つことができた」

家康は礼を言い、三宝に載せた金百両（約八百万円）を手ずから渡した。

「北条勢の槍先《やりさき》など、徳川勢の猛攻に比べれば物の数ではございません。三河守《みかわのかみ》さまに助けていただいたこの命、ご恩返しに使わせていただくのは当たり前と思っております る」

信蕃はうやうやしく三宝を受け取って席にもどった。

次に下条伊豆守頼安を呼んだ。

頼安は三十歳。細面の顔に優しげな細い目をしているが、度胸のすわった冷静沈着な判断をする。

武田家に仕えて下伊那《しもいな》の吉岡《よしおか》城を守っていたが、織田勢に城を落とされて三河《みかわ》の黒瀬《くろせ》に逃れた。

そこで奥平信昌の庇護《ひご》を受けていたが、本能寺の変の後に酒井忠次や信昌の支援を得て吉岡城を奪回したのだった。

「そなたは下伊那衆を身方に引き入れてくれたばかりか、忠次や信昌とともに信州平定に尽力してくれた。今後も二人と力を合わせ、民の暮らしが立ちゆくようにしてもらいたい」

家康は頼安にも金百両を渡した。

「依田信蕃どのと同じように、それがしも危うい命を三河守さまに救っていただきました。今後もご恩返しの奉公をさせていただきとうございます」

頼安が引き下がるのを待って、本多正信が皆に引き合わせたい男がいると言った。

「殿、よろしゅうございますか」

「何者じゃ」

「武田家に仕えていた土屋藤十郎《つちやとうじゅうろう》でございます。猿楽師の家に生まれながら、信玄公のもとで金山の管理にあたっておりました」

「ならば会おう。ここに通せ」

家康は正信と事前に打ち合わせたことを隠し、初めて聞くふりをした。

入ってきたのは長身で堂々たる体格をした男である。

後に大久保忠隣《ただちか》の与力となり、名字を拝領して大久保長安《ながやす》と名乗る。歳《とし》は家康より三つ下の三十八だった。

「藤十郎は甲州の金山に精通しているばかりか、灌漑《かんがい》や新田開発などの土木技術にも長けております。甲州の復興には欠かせぬ人材と見受けますので、奉行に取り立《た》ててそれがしの下で働かせたいと存じます」

「猿楽師の生まれだと」

家康は藤十郎に直《じか》に声をかけた。

「申し上げます。祖父は春日大社《かすが》に奉仕する金春流《こんぱる》の猿楽師でございました。父は大蔵流《おおくら》を起こした大蔵信安でございます」

低くて張りのある惚れ惚れするような声だった。

「都の観世《かんぜ》一座を知っておるか」

「申し上げます。むろん存じております。服部半蔵どのともご縁のある一座と聞いております」

「ならば話が早い。この者と半蔵に金山の開発と管理を任せたいが、この儀はいかがじゃ」

家康は皆の意見をたずねたが、反対する者はいなかった。

家康の狙いは金を一挙に増産し、秀吉《ひでよし》に対抗できる経済力を身につけることである。

そのためには他国ばかりか領民にも秘密にしなければならないことがあるので、半蔵と組ませて機密保持の徹底をはかることにしたのだった。

表向きの話が終わると、酒宴になった。

前髪姿の小姓たちが肴をのせたお膳を運び、皆に酒を注いで回った。

「今日は無礼講じゃ。心ゆくまで酒を酌み交わし、戦陣の疲れをいやしてくれ」

家康主従のいい所は、あまり上下の分けへだてがないことだ。

家康が駿府《すんぷ》で人質になっていた頃から仕えている重臣たちは、自分が殿を支えなければと庇護者のような気持ちでいる。

その気持ちが次の世代にも伝わり、皆が家康を守る仲間のように感じていた。

酒が進むにつれて皆が心の鎧《よろい》を脱ぎ捨て、本音をぶつけ合う無礼講になる。時には喧嘩や口論が始まることもあるが、家康は大目に見ることにしていた。

皆が戦場《いくさば》で命がけで戦っている。日頃は遠慮や気遣い、損得勘定をしていても、いざ戦場に飛び込んだなら、表面的な付き合いなど何の意味も持たなくなる。

真っ先に敵陣に斬り込めるか。負け色になった時に踏みとどまれるか。身を挺《てい》して身方の窮地を救えるか。

めまぐるしく変わる局面で、反射的にどんな行動を取れるかによって武士の値打ちが決まる。

だから常に己を磨き、どんな時にもひるまない覚悟と信念を養っておかなければならない。

その生き様さえ見事であれば、たいがいのことには皆が目をつぶる。

右顧左眄《うこさべん》して自分を守ろうとする奴ほど、戦場では当てにならないことを知っているからである。

だから無礼講の酒宴は凄《すご》いことになりがちである。

たとえ何を言われようと腹をすえて切り返し、酒の勝負をいどまれても飲み負けず、酒宴が終わったならすべてを水に流して涼やかに席を立つ。

それができるかどうかが試される、もうひとつの戦場でもあった。

「それにしても、こたびの殿の采配《さいはい》は見事でござった。のう武田の衆、勝頼《かつより》どのにあれだけの力量があれば、命を落とすことも国を滅ぼすこともなかったのじゃ」

鳥居元忠が口火を切った。

「確かに殿の采配には感服いたした。天下一の弓取りになられたと申すべきでござろう。されど勝頼どのの苦難と今回を、同列に論じることはでき申さぬ」
真っ先に甲斐に入った大須賀康高が、武田遺臣の思いを代弁した。
「ほう、何がどうちがうのじゃ」
「織田勢と北条勢では、強さの質がちがい申す。大将をつとめた信忠《のぶただ》さまと腑抜《ふぬ》け
の氏直どのを比べれば、明らかでござろう」
「言葉をつつしめ。殿はその腑抜けに督姫《とく》さまを嫁がせるのじゃ」
大久保忠世がたしなめたが、氏直の無能を際立たせたばかりで少しも補《おぎな》いになっ
ていなかった。
「氏直はまだ二十一じゃ。わしも若い頃に桶狭間《おけはざま》の戦いに出たが、何もできずに逃
げ帰っただけであった」
家康はそう言って氏直を庇《かば》った。
「見事なのは殿のたぬきぶりでござる。新府城を抜け出しておられたとは、夢にも
思っておりませんでした」
赤ら顔で声を上げる者がいた。
「ならば直政は子だぬきでござるな。おられもしない殿が指示をしているように見

せかけたのだから、たいした役者でござる」

「お前はいくつになった」

古参の者が無遠慮にたずねた。

「二十二でございます」

井伊直政が律儀に答えた。

「若いのう。稚児《ちご》にしたいほどじゃ」

「ところで今度の一番手柄は、どなたでござろうか」

生真面目な平岩親吉は、話が品下るのをさけようとした。

「それは元忠どのと康政であろう」

騎馬鉄砲隊をひきいて搦手《からめて》の北条勢を撃退した二人の働きを、酒井忠次が高く評価した。

「それなら二番手は」

「丸山《まるやま》を攻め取って北条氏直を誘い出した、先陣の七将でござろうな」

「あんなものは手柄のうちになり申さぬ。北条の弱虫どもをねじ伏せるなど、赤子の手をひねるようなものじゃ」

「大須賀どの、二万の北条勢に追撃されて青ざめておられたように見受けましたが」

石川康通が大須賀康高の放言をからかった。

「あの時の手柄は、殿軍《しんがり》をつとめられた岡部正綱どのじゃ。惚れ惚れとするほどの退きぶりであった」

康高は自分のことより、武田の遺臣たちを気遣っていた。

話はそこから酒井忠次と大久保忠世が、どちらが先に撤退するかをめぐって意地を張り合ったことに及んだ。

あの時は忠次の失策のために信濃の国衆の多くが離反し、徳川勢は窮地に追い込まれていた。

忠次はその責任を取って殿軍をつとめると言い張ったのである。

「国衆といえば、深志城の小笠原貞慶どのはどうしておられる」

元忠が誰にともなく問いかけた。

「北条方として、城に立てこもったままでございます」

松平康忠が応じた。

「これはしたり。北条は当家が信濃を治めることを認めたのだから、小笠原もそれに従うべきではないのか」

「おおせの通りではございますが、貞慶どのは真田どのと通じて独自の道をさぐっておられるようでございます」

「小笠原との交渉は、数正の役目であろう。人質を預かっておると聞いたが」

元忠が大きな目をむいて石川数正を見やった。

「さよう。嫡男貞政《さだまさ》（後の秀政《ひでまさ》）を預かっており申す」

酒に弱い数正は少々青ざめていた。

「ならば何ゆえ身方にできぬ。今こそ自慢の知略を見せる時ではないか」

「お言葉ながら、小笠原を敵方に追いやったのはそれがしではござらぬ」

その言葉に広間がしんと静まった。

それを言ったら男じゃないよ。皆がそう思って鼻白んだのである。

「確かにその通り。それがしの」

一生の不覚であったと、忠次が非を認めようとした時、

「それはわしの考えが足りなかったからじゃ。諫《いさ》めてくれる者もいたが、聞く耳を

持てなかった。数正、そちの力でこの失策を取りもどしてくれ」

家康は自分の責任にすることでその場を丸く収めたのだった。

翌日、水野忠重《みずのただしげ》が織田信雄《おだのぶかつ》の使者としてやってきた。

「北条との和睦、おめでとうございます。信雄さまからの祝いの品でございます」

信長《のぶなが》遺愛の刀を、両手でささげてうやうやしく差し出した。

「かたじけない。これも忠重どのが二千の軍勢をひきいて応援に駆けつけ、三枚橋《さんまいばし》城を守り抜いて下されたおかげでござる」

「実は先月末、清洲《きよす》城に秀吉どのが参られ、信雄さまを織田家のご当主にすることが重臣会議で決まったと伝えられました」

「三法師《さんぽうし》さまがご当主だと、清洲会議で決まったはずだが」

「ところが後見役になられた信孝《のぶたか》さまに不届きがあったために、ひとまず信雄さまをご当主にし、三法師さまが元服された後に再び家督にすると改められたそうでございます」

重臣会議は十月二十八日に京都の本圀寺《ほんこくじ》で行われ、羽柴《はしば》秀吉と丹羽《にわ》長秀《ながひで》、池田《いけだ》恒《つね》興《おき》が参加した。

この場で清洲会議の決定を無効にし、信雄を当主にすると決めたが、柴田勝家《しばたかついえ》は参加を認められなかった。

勝家が会議から除外されたのは、百ヶ日法要に参加しなかったからだという。

しかしこれは秀吉が独断で執り行ったものなので、除外の理由にならないことは明らかだが、秀吉は身方につけた長秀や恒興を巧妙に使い、強引に事を進めたのだった。

「信孝さまの不届きとは何でしょう。百ヶ日の法要に欠席したことですか」

「そうではありません。供養の後に朝廷から、三法師さまと信孝さまに代替わりの参内をするようにご下命があったそうです。ところが信孝さまは、病気を理由に上洛《じょうらく》しようとなされませんでした」

「朝廷から、ご下命ですか」

家康には秀吉の手の内が透けて見えた。

百ヶ日の法要をめぐって対立を深めた後に上洛を求めれば、三法師を奪い取るための罠《わな》だと信孝は疑うはずである。

だから上洛を拒否したのだろうが、秀吉は勅命に背く行為だと言い立て、後見役にふさわしくないと決めつけた。

しかも三法師にも責任があると、元服するまでは当主の座から降ろすことにしたのだった。

「秀吉どのはそう言われたそうですが、本当に勅命が下されたかどうかも分かりません。朝廷との交渉は秀吉どのが行われ、他の者は真偽を確かめることさえできないのです」

「それで信雄さまは、申し出を受けられたのでしょうか」

「受けられました。秀吉どのの腹の底は見えているが、横暴を抑えるには織田家の当主になる以外に方法がないとお考えなのです」

「余程うまく対処しなければ、信孝さまや柴田どのを討つための名分にされかねませぬ」

「そのようなことにならぬように、三河守どのの知恵と力を貸していただきたいとおおせでございます。甲斐と信濃を領有されることも、織田家の総意として認めることになされましたので」

　だから家康にもこの件を了解してもらいたい。信雄はそう頼むために、忠重を使者としてつかわしたのだった。

　翌十一月五日、忠重の後を追うように秀吉からの使者が来た。取り次いだのは石川数正だった。

「筑前守《ちくぜんのかみ》どのからそれがし宛《あ》てに音信があり、信雄さまの家督のことを披露してほしいと頼まれました」

　数正がいささか得意気に秀吉からの書状を差し出した。

　家康は秀吉の書状に目を通したが、要点は二つだった。

　ひとつは信孝に不行跡があったので、清洲会議での取り決めを破棄して信雄を家督にした。これを家康にも了解してもらいたい。

　もうひとつは柴田勝家の私曲によって織田家中が分裂し、家康に約束していた援軍が送れなくなった。

　申し訳ないがご容赦いただきたいというのである。

「このことについて、そちはどう思う」

　家康は胃のあたりからせり上がるほろ苦さを抑えて、石川数正にたずねた。

「記されている通りと存じます」

「信孝さまに不行跡があり、勝家どのは私曲を構えられた。それが事実と申すか」

「信孝さまが朝廷への伺候を拒まれたことも、柴田どのが信長公の百ヶ日法要に欠席されたことも事実でございます。織田家の重臣方が、これでは家を保てないと考えられたのは仕方のないことでございましょう」

数正は迷いなくそう言った。

「確かに結果はそうかもしれぬ。しかし秀吉どのが、そうなるように仕向けたとは思わぬか」

「それは表からはうかがい知れぬことでございます。我らは表に現れたことに基づいて判断するしかありませぬ」

「この先、対立は避けられぬか」

「信孝さまと柴田どのが重臣会議の決定に従われるなら、事は穏便に納まりましょう。しかし、お二人にそのつもりはないものと存じます」

「戦《いくさ》になったら、どうなる」

「羽柴どのの知略は縦横でございます。とても信孝さまや柴田どのの及ぶところではありますまい」

「二人を滅ぼすということか」

「おそらく」

「その後は」

「後とおおせられますと」

数正はようやく家康の腹立ちを察したらしく、道に迷ったような顔をした。

「織田家中に敵する者がいなくなったなら、秀吉どのは次にどうされるかということだ」

「信雄さまを盛り立てて、天下統一の事業を進められると存じます」

「秀吉どのは天下を狙っておられるという噂《うわさ》もある。そうだとすれば、次には信雄さまを滅ぼそうとなされるのではないか」

家康はこの機会に数正の腹の内に竿《さお》をさしてみることにした。

「殿、それは本多正信どのの進言でございまするか」

「それもあるが、洛中に配した忍びからも似たような報告を受けておる」

「羽柴どのを憎む者たちが、そのような流言をばらまいているのかもしれません。

されど羽柴どのには、そのような野望は毛頭ございません」

「何ゆえそう思う」

「信雄さまと争う大義名分が、羽柴どのにはありません。それに信長公のご恩を、誰よりも深く感じておられます」

だから信雄を征夷大将軍とし、秀吉は管領《かんれい》か副将軍になって織田幕府を支えようとするだろう。数正はそう考えていた。

「上様が光秀《みつひで》に討たれることを、秀吉どのは事前に知っておられたそうだ」

「…………」

「知っていながら、備中《びっちゅう》高松《たかまつ》城攻めの陣所で事が起こるのを待っておられた。あれほど素早く大返《おおがえ》しができたのはそのためだ」

「それも正信どのの進言でござるか」

「秀吉どのが山崎《やまざき》の戦いに勝って上洛された時、朝廷は鳥羽《とば》まで勅使をつかわして節刀をさずけた。それは知っておろうな」

「存じております」

「しかも秀吉どのは勅使に対して、早々とかたじけないと言われたそうではないか。

これは秀吉どのの要請に朝廷が応じたからとしか思えぬ。それやこれやを考え合わせれば、秀吉どのは上様が光秀に討たれることを事前に知り、周到に根回しをしておられたと見るしかあるまい」

「恐れながら、羽柴どのは信長公のご恩は山よりも高く海よりも深いと、それがしに何度もおおせになりました。たとえ節刀を受けられたとしても、事前に知っておられたとは思えませぬ」

「わしの考えちがいかもしれぬが、秀吉どのにはそういう疑いがあるということだ。それを頭の片隅において、今後の折衝に当たってくれ」

家康はそう言って矛をおさめた。

これ以上話を詰めれば、数正を抜きさしならない所に追いやる気がしたのだった。

その日の夕方、本多正信と榊原康政が対面を求めていると井伊直政が取り次いだ。

「ほう、二人が一緒とは珍しいな」

「榊原どのが、本多どのに同行を頼まれたそうです」

「すぐに会う。通してくれ」

康政はいつでも戦場に出られるように小具足《こぐそく》姿のままである。正信は寒さがこたえるのか、ぶ厚い綿入れを羽織っていた。

「持病の腰がうずきますので、このような姿で失礼いたします」

康政に急に頼まれたので伺候したと、正信は大儀そうにあぐらをかいた。

「本日、近衛《このえ》太閤《たいこう》さまからそれがしのもとに使者が参りました」

「太閤とは前久《さきひさ》公のことか」

「今は出家して龍山と号しておられるそうでございます。浜松《はままつ》で殿にお目にかかり、旧交を温めたいとおおせでございます」

「なぜ前久公が、そちに」

そんなことを頼むのか、家康には理解できなかった。

「榊原家の本家は伊勢《いせ》にあり、近衛家と関わりがあります。その伝《つて》を頼って、使者を送られたのでございます」

これを取り次いでいいかどうか、康政には判断がつかなかった。そこで正信に相談し、同行してもらったのである。

「あの御仁が、今さら何の用だ」

「この書状に記されているそうでございます」

康政が厳重に封をした書状を差し出した。

家康は笄《こうがい》をさし入れて封を切り、書状に目を通した。

「態《わざ》と一筆したため申し候。一別以来、つつがなくお過ごしのことと拝察いたし候。甲斐表でのお働きの程、仄聞いたしおり候。大慶このことに候」

近衛流の見事な筆跡の書状には、挨拶につづいて本能寺の変のことが記されていた。

洛中では前久が明智《あけち》光秀を使嗾《しそう》して信長を討たせたという噂が流れ、これを信じた織田信孝が前久を討つために兵をさし向けた。

その危険をさけるために洛中から脱出せざるを得なかったが、この噂は前久をおとしいれるために佞人《ねいじん》どもが流したもので、まったくの事実無根である。

そのことについてお目にかかって説明したいので、浜松で対面していただきたいというのである。

もう一点は「かの猿面冠者のことに御座候」。秀吉のことについてだった。

前久は今洛外に身をひそめているが、秀吉の朝廷に対する横暴ぶりは目にあまる。

勅使に節刀を授けさせたのも慮外の沙汰だが、近頃では自分の出自を朝家と結びつけようと画策している。

秀吉の母は若い頃に雑仕女《ぞうしめ》として二条家《にじょう》に仕えていたが、その時に帝のお手がついて生まれたのが秀吉だと主張し、その証拠を捜せと厳命している。

この要求に屈した公家《くげ》たちは、やがてどこからかそれらしき書き付けを捜し出して秀吉の歓心を買おうとするだろう。

こんなことを許す訳には絶対にいかないし、秀吉の僭上《せんじょう》を止められるのは家康しかいない。それゆえ直に対面し、天下の静謐《せいひつ》について談合したい。それが一日も早からんことを切に願っている。そう記されていた。

「今どこにおられるのだ、前久公は」

家康は書状を折りたたんで正信に渡した。

「分かりません。使者は伊勢の本家の者で、何も聞いておらぬと申しております」

康政が答えた。

「分かった。明日までに返答すると、その者に伝えよ」

康政を下がらせてから、家康は正信と二人きりで向き合った。

「いやはや。公卿《くぎょう》というものは、まさに鵺《ぬえ》でござるな」

正信が苦笑しながら書状を返した。

鵺とは清涼殿の上空を夜な夜な飛び回り、帝を悩ませる妖怪のことである。

「平然と嘘をつくのはお家芸だろうが、今さら無実だと言われても信じることはできぬ」

「おそらく前久公は、このような書状を多くの大名に送っておられましょう。たとえ今は誰も信じなくとも、近衛太閤さまからの書状は家の誇りとして後世に伝えられます。すると百年くらい後には、この書状が無実の証《あかし》として取り沙汰されることになる。前久公はそこまで考えて、執筆にいそしんでおられるはずでございます」

「秀吉どのの企てはどうだ。こんなことが本当にできるものであろうか」

「朝廷の様子は音阿弥《おとあみ》に調べさせております。その結果を待たなければ確かなことは言えませぬが」

話を持ちかけているのは事実だろうと、正信は冷ややかに断を下した。

「殿も三河守に任官される時、前久公にそれらしい系図を作ってもらったそうではありませんか」

「確かにそのようなこともあった。あれはもう十六年も前のことだが、わしはいまだに毎年礼物を送っておる」

「秀吉どのは朝廷の弱みを握っておられるのですから、ご落胤《らくいん》の証拠を作らせることもできるかもしれません」

「狙いは何だ」

「信長公は太上《だじよう》天皇になって朝廷を支配下におこうとなされました。それよりは自ら天皇になった方が早いと考えられたのでございましょう」

「それならどうする。そんなことを許していいはずがあるまい」

家康は少なからず動揺した。

帝の落胤と称して皇位につこうなどとは、想像するだに恐れ多い。それを平然とやってのけようとする秀吉に、得体の知れない不気味さを覚えていた。

「朝廷を秀吉どのの手から取りもどすには、前久公の力を借りるしかないものと存じます。まず前久公と秀吉どのの和解をはかり、朝廷に復帰する手助けをなさるべきと存じます」

「上様の仇《かたき》だぞ。あの方は」

「殿は信長公の仇を討ちたいのでございますか。それともこの国を浄土に変えたいのでございますか」

「それは……」

「浄土に変えたいのなら、そのために何をするべきかだけを考えて下され。そうでなければ秀吉どのには太刀打《たちう》ちできませぬ」

「それは、そうだろうが」

家康はぐうの音も出なかったが、このまま引き下がるのはあまりにも業腹だった。

「そちの好きなクリスタンはどうした。一向に姿を見せぬではないか」

「秀吉どのを操っているのは、シメオン官兵衛《かんべえ》でございます。あの切れ者は目端が利いておりますゆえ、今は反感を買うまいと黒子に徹しておりますが、秀吉どのに天下を取らせたなら本性を現すはずでございます」

「さようか。前久公を浜松に迎える件は承知した。康政にそう伝えよ」

家康の気がかりはもうひとつあった。

このまま秀吉と勝家の対立が激化し、合戦に及んだなら、北ノ庄《きたのしょう》城にいるお市《いち》が危険にさらされることになる。

勝家は足利義昭《あしかがよしあき》と手を結んで秀吉に対抗しようとしているようだが、後ろ楯《うしだて》の毛《も》利《り》は秀吉に石見《いわみ》銀山を握られているのだから、計略がうまくいくとは思えない。

家康はそう考えてお市に文を書こうとしたが、すんなりとは筆をとれないわだかまりがあった。

お市とは契りを交わし、正室に迎える約束をした。信長もそれを喜び、手ずから麦こがしを作り三日夜の衣を贈ってくれた。

ところがその直後に本能寺の変が起こり、信長が非業の死をとげたために、すべてはご破算になった。

家康はお市の身を案じて伊賀《いが》越えの途中で文を送ったが、返信はいまだに受け取っていない。

しかも清洲会議後の家中の対立に巻き込まれ、お市は家康に相談もせず、柴田勝家に嫁ぐことにした。

それは織田家を支えるために身を捨てる覚悟で下した決断だろうが、家康には置き去りにされた無念がある。

だから今さら書状を送ることに抵抗があるし、かえってお市の迷惑になるかもしれないという遠慮もあった。

家康は文机《ふづくえ》に向かったまま、しばらくぼんやりとお市の面影をたどっていた。

初めて会ったのは織田家の人質となって熱田《あつた》にいた頃だから、もう三十年以上も前である。

お市はまだ二つか三つで、前髪を切りそろえた童髪にしていたものだ。

そんなことを思い出しているうちに、ふと信長の言葉が脳裡《のうり》をよぎった。

「お市には長政《ながまさ》のことで辛《つら》い思いをさせた」

だから嫁にして幸せにしてやってくれと頼んだのである。

あれは武田討伐を終え、浅間《せんげん》大社の境内に造った宿所で一緒に風呂に入った時のことだ。

「さすれば余とそちは本当の兄弟になる。同じ志を持って天下を築いていくことができる」

そこまで言ってくれた信長の心情を思えば、小さなことにこだわってお市の窮地を見て見ぬふりをすることはできなかった。

家康は意を決して筆をとり、勝家に読まれてもいいように政治向きのことだけを書くことにした。

「遠路飛脚をもって申し入れ候。信長様百ヶ日法要において、柴田どのと羽柴どのが角逐におよばれた由、甲州にてうけたまわり懸念いたしおり候」

家康はそう記した後、重臣会議で信雄を家督にすることを決めたという知らせを秀吉から受け取ったことを伝えた。

また信雄からもこれを了承したことを告げる使者があった。だから信孝や勝家は圧倒的に不利な状況に追い込まれていると、断じざるを得ない。

勝家は足利義昭や毛利輝元《てるもと》と同盟を結ぶことで活路を見出そうとしているようだが、毛利はすでに秀吉の膝下に押さえ込まれているので、当てにすることはできない。

この上は重臣会議の決定に従って信雄を家督にすることを認め、信孝を説得して三法師を信雄に引き渡すように計らうべきである。

織田家の筆頭家老である勝家には、秀吉の独断と横暴が許し難いことは重々承知しているが、挑発に乗って戦をすることこそ相手の思う壺《つぼ》である。

ここは信雄と信孝を和解させ、織田家の結束を固めることが、秀吉の野望をくだき、信長の遺志を引き継ぐ一番の手立てである。

僭越《せんえつ》ながら自分もそのために力を尽くすつもりなので、やがて勝家とともに秀吉と対峙《たいじ》する時が来るかもしれない。

その日のためにも今は隠忍自重するように、お市に勝家を説得してもらいたい。いろいろ考えてみたが、今の局面を乗り切るにはこれしか方法がないと思うので、失礼を承知で文を書かせていただいた。

「ご無礼の段、平にご容赦下されたく候。委細は使者をもって申し述ぶべく候」

家康は服部半蔵を呼び、この書状をお市に届けるように命じた。

「何か口上はございましょうか」

半蔵は書状に目を通してからたずねた。

「事は急を要する。できるだけ早く、秀吉どのに和議の使者を送るように伝えてくれ。前田利家《まえだとしいえ》どのは胆力もあるし、秀吉どのとも親しい。使者には適任ではないかと思う」

伝えたいことは山ほどあるが、ともかく今はお市と娘たちの無事を計ることが先決だった。

家康の配慮は実を結んだ。

柴田勝家は状況の不利をさとり、与力である前田利家、金森長近《かなもりながちか》、不破勝光《ふわかつみつ》を秀吉のもとにつかわし、和を結んだのである。

半蔵が甲府にもどってこのことを報告したのは、十一月の末だった。

「お市の方の説得に応じ、柴田どのは和を結ぶことになされました。秀吉どのもこれを喜び、盛大な宴を開いて三人の使者をもてなされました」

半蔵はそれを見届けていたために、戻りが遅くなったのである。

「遠路ご苦労であった。北ノ庄城の様子はどうじゃ」

「柴田どのは二万の兵を集めて戦に備えておられましたが、和議が成った後に解陣なされました。北陸はすでに雪に閉ざされ、軍勢をとどめておくのは難しいようでございます」

「お市どのは、どうしておられる」

「勝家どのに大事にしていただき、何不自由なく暮らしているとおおせでございました」

「書状など、預かっておらぬか」

歌の一首でもいい。お市の存在を感じられるものが欲しかった。

「お立場もあることゆえ、遠慮なされたのでございましょう」

「さようか。三人の娘御も大きくなられたことであろうな」

「お茶々《ちゃちゃ》さまは十四、お初《はつ》さまは十三、お江《ごう》さまは十歳になられた由にございます」

「秀吉どのはどうしておられる。和議に偽りはないであろうな」

秀吉が表裏のある男だと、家康は骨身にしみて思い知らされている。

和議を結んだとはいえ、勝家が雪に閉ざされて動けない間に何を仕出かすか分からなかった。

「三人の使者への引出物に、金五百両（約四千万円）ずつ与えられたそうでございます。洛中の噂ゆえ、確かなことは分かりませんが」

「資金の元は石見銀山か」

「但馬《たじま》の生野《いくの》銀山のようでございます。都で音阿弥に会い、秀吉どのの動きから目を離さぬように申し付けて参りました」

「あの者は息災か」

「観世一座の役者としても、洛中で名を知られております」

「そうか。一度見てみたいものだ」

家康は和議が成ったことに安堵《あんど》したものの、お市が文をよこさなかったことに気落ちしていた。

未練と言われればそれまでだが、返信を期待していなかったと言えば嘘になる。音信のなさが冷たい拒絶のように感じられて、またしても置き去りにされた無念に苦しむことになったのだった。

十二月になると甲府も雪に閉ざされた。

盆地特有の冷え込みも厳しく、このままでは中道《なかみち》往還も雪に閉ざされ、浜松にもどれなくなるおそれがあった。

「明後日、浜松に帰る。皆に仕度をするように触れておけ」

井伊直政を呼んで命じたのは十二月十日のことである。

後のことは本多弥八郎正信と服部半蔵に任せることにした。

「弥八郎は甲州の仕置きを厳重にせよ。それから信玄公の金山をつぶさに調べ、来春から掘り出せるようにしておいてくれ」

「お任せ下され。すでに土屋藤十郎に手筈《てはず》をととのえるように申し付けております」

藤十郎は、後に金山開発に辣腕《らつわん》をふるう大久保長安である。正信との息もぴたりと合うようになっていた。

「半蔵は信濃の国衆の動きから目を離すな。中でも真田昌幸と小笠原貞慶は油断がならぬ」

「お任せ下され。すでに百人の配下を信濃に入れております」

翌日、帰陣の仕度に忙殺されていると、松平康忠が越前《えちぜん》からの使者が来たと告げた。

「そうか。すぐに通せ」

家康の直感が、お市からだと告げていた。

「それが挟箱三つを持参しております」

家康は待ちきれずに廻り縁に出た。

雪が積もった中庭には、蓑《みの》をつけ裁《た》っ着《つ》け袴《ばかま》をはいた十人ばかりが控えていた。

「浅井《あざい》継之介《つぎのすけ》と申します。お市の方さまからの進上物をお届けに上がりました」

三十ばかりの武士が告げた。

「浅井といえば、長政どののご一族か」

「さようでございます。小谷《おだに》城落城の時にお市の方さまをお守りして城外に逃れ、死すべき命を長らえております」

「お市どのからの書状はあるか」

「ございます。こちらに」

継之介は挟箱三つを廻り縁に運び上げて蓋《ふた》を開けた。

それぞれの箱に縮羅《しじら》三十巻、端綿《はわた》百把《わ》、干した鱈《たら》（棒鱈）五本が入っていた。

縮羅とは縦横に太さの異なる糸を用いて、表面に細かい縮みじわを出した織物のことである。

普通は絹糸で織って夏用の着物とするが、木綿を用いてぶ厚く丈夫に織ってある。草染めにした深緑色も鮮やかで、この布で綿入れを作って寒い冬を乗り切ってほしいというお市の思いやりが込められていた。

書状は縮羅の箱に入れてあった。薄緑色の陸奥紙《みちのくがみ》を結び文にしてある。

家康は少年の頃のようなときめきを覚えながら結びを開いた。

陸奥《みちのく》のしのぶもぢずり誰ゆゑに
乱れそめにしわれならなくに

『古今集』の恋歌の部に収められ、『百人一首』にも取り上げられた歌一首が、流麗な文字で記してある。河原《かわらの》左大臣（源融《みなもとのとおる》）の歌だった。

陸奥の「しのぶもじずり」という衣の摺《す》り模様のように私の心が乱れているのは、いったい誰のせいでしょうか。

私のせいではありません。あなたのせいですよ。

そんな意味の歌に、お市は自分の恋心を託している。

しのぶもじずりは忍草で染めていることから付けられた名で、深緑色の縮羅はその衣と似通っていた。

この歌を送るために縮羅を選んだのか、縮羅を送ろうとしてこの歌を添えたのか。

いずれにしてもお市の心の内は明らかだった。

「あなたゆえに乱れたこの心を忍びながら、陸奥とよく似た越前で生きています」

そう伝えたかったのである。

家康の心のわだかまりは一度に解けた。そしてこんなにもお市に惹《ひ》かれていたことに改めて気付き、何やら面映《おもは》ゆかった。

「大儀であった。遠路さぞ疲れたことであろう。ゆるりとしていくがよい」

「恐れながら、このまま帰らせていただきとうございます」

国許《くにもと》のことも気にかかるのでと、継之介らは草鞋《わらじ》も脱がずに帰っていった。

この贈答のことを、松平家忠《いえただ》は日記（『家忠日記』）にしっかりと書き留めている。

〈十一日、古府へ出仕候、明日帰陣候への由仰せられ候。越前芝田所より御音信候、進上物ししら三十巻、はわた百把に鱒五本也〉

芝田所より御音信という書き方が、贈物をしたのが勝家ではなくお市であることを示している。

歌道にも通じた家忠は、家康とお市の仲を察していたのかもしれない。

翌日、家康は三千の兵をひきいて甲府を発《た》ち、中道往還を南に向かった。

気分は実に清々《すがすが》しい。心の片隅に巣くっていたお市への不信がきれいに失《う》せ、今日の天気のように晴れやかである。

浜松に帰ったらさっそく縮羅と端綿で綿入れを作らせ、苦労をかけた重臣たちに分けてやろう。

棒鱈は水でもどして煮物にすれば、この上ない正月料理になる。

馬に揺られながらそんなことを考えるのは、お市の心遣いが嬉しいからである。

正月前にこんな配慮をするのは女房の役目なのだから、

「遠く離れていても、わたくしはあなたの妻ですよ」

そう言ってくれている気がする。

それに勝家に和議の使者を送らせたことで、秀吉の奸計《かんけい》を封じたという手応えも感じていた。

ともかく戦を避けて織田家の結束を保てば、秀吉は手も足も出せなくなる。

そうして織田信雄を将軍として幕府を開き、重臣や有力大名が領国の統治を受け持って信長が目ざした理想に近付いていけばいい。

家康にはそうした道筋がおぼろげながら見え始めている。

その時には五ヶ国の太守《たいしゅ》となった自分も、相応の役目をはたさなければならないとひそかに腹を据えていた。

薄く雪が積もった道を右左口峠《うばぐちとうげ》まで登ると、目の前に富士山が姿を現した。全山ぶ厚い雪におおわれ、澄みきった青空を背にどっしりと稜線を広げている。

家康は息を呑《の》むような感動に打たれ、心の中で手を合わせた。この山こそ変わらぬものの象徴である。

だから古くから神仏のおわす山と崇《あが》められてきたのである。

馬上で山と向きあっているうちに、この春に信長とここを通った時のことを思い出した。

峠に立った信長は、何ともいえない表情をしてしばらく富士山を見つめていた。感動に心を鷲《わし》づかみにされながらも、負けてたまるかと肩肘を張っている。それはいかにも理想と気概をもって新しい時代を切り拓いてきた信長らしい姿だった。

十三日の夜から雨になった。

翌日、翌々日と冷たい雨に降られて行軍をつづけ、十五日の正午過ぎに浜松城に着いた。

城の天守閣と富士《ふじ》見櫓《みやぐら》が、雨の中で鮮やかな白漆喰の壁を見せている。まるで新しく塗り直したような瑞々《みずみず》しさだった。

大手門には留守役の者たちが三十人ばかり、雨に濡れながら出迎えた。

「大儀である。城が美しくなったようだが」

どうした訳かと、見知った者にたずねた。

「年の瀬の煤払《すすはら》いをいたしました」

「それだけではこれほど美しくはなるまい」

「於大《おだい》の方《かた》さまが、壁をすべて洗うようにお命じになりました。殿は二百万石の太守になられたゆえ、それにふさわしい城でなければならぬと」

「さようか。苦労をかけたな」

二百万石はさすがに言い過ぎだが、母親らしい於大の配慮は胸にしみた。

濡れた鎧や直垂《ひたたれ》を脱ぐと、まず風呂に入った。冷えきった体に、湯の温かさがしみていく。

手足を長々と伸ばすと、こりかたまった緊張がほぐれていった。

甲府にいた五ヶ月の間、常に気を張り詰めていた。

戦場なので当たり前だと思っていたが、わが家にもどってみるとその重圧に改めて気付いたのだった。

（人の一生は重き荷を負うて、遠き道を行くがごとし）

そんな言葉がふと浮かんだ。

風呂から出て昼餉《ひるげ》を食べた。粥《かゆ》に八丁味噌、青菜の漬物だけだが、ふるさとの味は格別だった。

酒も一杯だけ飲んだ。信長を失った哀しみに耐え、今日まで戦い抜いてきた自分を誉めてやりたかった。

「明日、西郡《にしごおり》の方と督姫を呼んでくれ。申し渡すことがある」

給仕を務める松平康忠に申し付けた。

「それから母上に、あの棒鱈を煮るように頼んでくれ。正月に皆にふるまいたい」

煮物は何と言ってもおふくろの味である。記憶もない頃に別れた母親なのに、舌はしっかりと味を覚えていた。

翌日、家康は富士見櫓の茶室に西郡の方（蓮葉院《れんよういん》）と督姫を招き、手ずから茶を点《た》てた。

西郡の方は上ノ郷《かみのごう》城主だった鵜殿長照《うどのながてる》の姪《めい》に当たる。

家康が長照を討って上ノ郷城を占拠した後、弟の長忠《ながただ》が服属の証として娘を側室に差し出したのだった。

西郡の方は家康にとって最初の側室で、督姫は十八歳になる。

二人は長年上ノ郷城主になった鵜殿長忠のもとで暮らしていたが、督姫と北条氏直との結婚が決まったので、浜松城に移したのだった。

「このたびの勝ち戦、おめでとうございます。ご無事のご帰国、お祝い申し上げます」

西郡の方が口上を述べ、二人そろって頭を下げた。

督姫は家康に似てあごの張った顔立ちをしているが、黒目がちのやさしげな目をして鼻筋も細く通っていた。

「書状は読んでくれたであろうな」

「拝読いたしました。お督にもその旨、言い聞かせております」

「お督はどうじゃ。この話、喜んでくれるか」

「喜んでおります。父上が決めて下されたお方ゆえ……」

督姫はそう言いかけて、恥ずかしげに口をつぐんだ。

「わしが決めた方ゆえ、何だ。何と言おうとした」

「はい。間違いはないと信じております」

「氏直どのは二十一、そなたより三つ上じゃ。眉目秀麗な好男子で、やがて関東五ヶ国を領する北条家の当主となられる。そなたは氏直どのの正室として迎えられるゆえ、幸せと思わねばならぬ」

「そのように思っております」

「武将としても大名としてもまだまだ未熟な所が多いが、年を重ね経験を積むごとに成長していくものだ。妻としてそれを支えるのがそなたの役目じゃ」

家康が説教じみたことを言うのは、氏直の力量に不安を持っているからだった。

あの程度の器量では、父氏政《うじまさ》の後ろ楯を失ったなら家を継げるかどうか疑わしい。

家督をめぐる争いや他家との合戦に巻き込まれ、督姫が辛い思いをするのではないかと思うと、早手回しにあれこれと言わずにはいられなかった。

「そなたは母上がどうしてわしの側室になられたか、聞いておるか」

「いいえ。うかがっておりません」

「桶狭間の戦いで今川義元《いまがわよしもと》公が討たれた後、わしは今川家と手を切り信長公と同盟を結ぶことにした。そのために今川方の鵜殿長照どのと戦うことになった」

永禄《えいろく》五年（一五六二）二月。今から二十年前のことだった。

「お督、そなたが生まれる三年前のことだ。遠い昔のことのように思うかもしれぬが、わしも母上もその中を生き抜いてきた」

「父上が上ノ郷城を攻め落とされた時、長照さまが討ち死になされたと聞いたことがあります」

「そうじゃ。降伏して城を明け渡して下されば良かったのだが、それを拒んで最後まで戦いつづけられた。しかし長照どのの弟の長忠どのは、城攻めにかかる前に我らの身方になって下された。なぜだか分かるか」

「鵜殿家を残すためでしょうか」

「そうじゃ。大名たる者、何があっても家を潰してはならぬ。たとえ本家が亡《ほろ》びても分家が生き延びておれば、本家の親族や遺臣たちを食べさせてやることができる。長照どのはそこまで考えて、弟の長忠どのにわしの身方をするように命じられた」

そして長忠は服属の証に、娘の西郡の方を家康の側室として差し出し、やがて督姫が生まれたのである。

「ありがとうございます。それを伺って胸のつかえが取れました」

「裏切り者と聞いておったか。長忠どののことを」

「巷の噂を耳にすることがありました。上ノ郷には長照さまを慕う者たちが大勢おりますので」

長忠は主家を裏切り、娘を差し出すことで家康に取り入った。そんな噂を聞いて、督姫はひそかに胸を痛めていたらしい。だが母親にはそのことを話さなかったのである。

「そうか。一人で辛い思いに耐えていたか」

家康は督姫を不憫《ふびん》に思うと同時に、そうした配慮をする芯の強さを持っていることに安心した。

この娘なら氏直を支えて一人前の領主にすることができるだろう。そう思うと、もっと自分の体験を伝えて、後の教訓にしてもらいたくなった。

家康は熱めの薄茶を手早く点てて二人に振る舞うと、その後のことを語った。

「その頃、わしの妻子三人が今川家に捕らわれたままだった。上ノ郷城を攻めたのは、今川家の一門衆である鵜殿どのを捕らえ、妻子と交換したかったからだ。残念なことに長照どのは討ち死になされたが、長照どのの息子の氏長《うじなが》と氏次《うじつぐ》を捕らえ、今川家から瀬名《せな》と信康《のぶやす》、お亀《かめ》を引き取ることができた。しかしその後も無事ではなかったのだ」

「氏長さまと氏次さまは、兵を集めて父上を討とうとなされたと聞いたことがあります」

「そうじゃ。あれは信康の元服披露に領内の打ち回しをしている時のことであった。豊《とよ》川を渡ろうとした時、氏長と氏次が二百騎ばかりで襲いかかってきた」

上ノ郷城の落城から五年後のことで、氏長は十九、氏次は十八になっていた。

今川家の庇護を受けて二俣城で暮らしていたが、家康が打ち回しに出ると知って父の仇を討とうとしたのである。

ところが家康は難なく敵を撃退し、二人を取り押さえた。

「すると氏長はその場で自害しようとした。だからわしは怒鳴りつけてやったのじゃ。一族郎党を置き去りにして、自分だけ逃げ出すつもりかと」

その時のことを思い出し、家康の目頭が熱くなった。

それは桶狭間の戦いに敗《やぶ》れて大樹寺《だいじゆじ》で腹を切ろうとした時、登誉《とうよ》上人から言われた言葉と同じだった。

あの時上人は、

「ならば、そこから立ち上がれ。ここで死んだと胆《はら》をすえて、一歩でも半歩でも理想に近付く努力をしたらどうだ」

そう言ってくれたのである。

「わしも氏長に同じことを言った。氏長も氏次も聞き分けてくれて、今では徳川家になくてはならぬ家臣になっておる。そなたの従兄《いとこ》たちじゃ。働きぶりは存じておろう」

「知っております。氏次さまは甲州へのご出陣前に、挨拶に来てくだされました」

督姫はいささか得意そうだった。

「いかがじゃ、もう一服」

家康は西郡の方に茶を勧めた。

「もう結構でございます。おいしく頂戴いたしました」

西郡の方はさばさばとしたこだわりのない性格だった。

「正月には北条との縁組みのことを皆に披露する。仕度をしておいてくれ」

「承知いたしました」

「初めてお督とゆっくり話をした。立派に育て上げてくれたな」

「まだまだ足りぬところばかりでございます。お転婆で甘えん坊で……」

西郡の方は声を詰まらせ、目頭を袖で押さえた。

「母上さま、駄目ですよ」

督姫が袖口から手巾《しゅきん》を取り出して涙をふいてやった。

家康には年内に片付けておかなければならない用事がもうひとつあった。

十一月末に浜松に下向し、城下の龍禅寺《りゅうぜんじ》に逗留《とうりゅう》している近衛前久との対面である。

本能寺の変を仕掛けた張本人だけに会いたくもないが、窮鳥が懐に飛び込んできたのだから撃つわけにもいかない。

それに朝廷を意のままにしている秀吉に対抗するには、前久を身方にしておくべきだという本多正信の助言も頭にあった。

家康は数日策を練り、十二月二十日に龍禅寺をたずねた。

供をするのは取り次ぎ役をつとめた榊原康政と、前久と面識のある石川家成だけだった。

龍禅寺は城の南東、半里（約二キロ）ばかりの所に位置している。馬込《まごめ》川が東から西に大きく蛇行したところの北側にある真言宗の古刹である。

前久は初め西来院《せいらいいん》に宿をとったが、家成の勧めで龍禅寺の塔頭《たっちゅう》である金光院に移ったのだった。

山門をくぐって境内に入ると、前久は年若い僧を従えて金光院の門前まで迎えに出ていた。

「三河守、よう来てくれた。こたびは世話になるなあ」

何の屈託もなく涼やかな笑顔を向けてきた。

出家して龍山と号したと聞いたので、髪を下ろして僧形になったかと思いきや、藤色の水干《すいかん》をまとって高烏帽子《たかえぼし》をかぶっていた。

「一別以来でございます。出家なされたとうかがいましたが」

「そうや。ところが身共《みども》のように業の深い人間は、形だけととのえれば御仏《みほとけ》の世界に入れるというものではない。そやから今は潔斎に励んどるとこや」

さあ入れ、遠慮はいらぬと、前久は金光院の庫裏《くり》に案内した。

ここに来てから一ヶ月ばかりなのに、部屋の中はすっかり都風、公家風に改めてある。

しかも調度やしつらえが見事で、前久の鑑識眼の高さを示していた。

「浜松はええとこやな。都より暖かいし、海の幸、山の幸にも恵まれとる。人の相もええ」

「人の相と申しますと」

「豊かな土地で育ち、豊かな心を持っている。それが福相になって表れとるんや。都のように人の隙ばかり狙う、掏摸《すり》の目をした輩《やから》は一人もおらん。これはそちの治政の賜物《たまもの》かもしれんな」

「お誉めいただき、かたじけのうございます」

「家成と康政にも世話になった。こうして三河守に会うことができたんは、その方らのお陰や」

前久は家康との話の糸口をつかみかね、二人に話をふった。

「お役に立てて光栄でございます」

家成が差し障りなく応じ、康政とともに深々と頭を下げた。

「文にも記した通りや。このたびの信長公の不幸に、身共はいっさい関わっておぬ。ところが朝廷の中には身共と信長公の親密ぶりをうらやんだり妬《ねた》んだりする佞人がおってな。この機会に身共を追い落とそうと、あらぬ噂を流したんや」

「そのようにお書きになられていたのは拝読いたしました」

「根も葉もない事ばかりやが、織田信孝のような粗忽者《そこつもの》は信用したんやな。吉田兼《よしだかね》和《かず》を捕らえようとしたばかりか、身共を討ち果たすために軍勢を差し向けた。これでは弁解もできずに殺される思うたよって、ひとまず嵯峨《さが》に身を隠したんや。そしたら今度は、それが後ろ暗いところがある証拠やと言い出しよる。人の口に戸は立てられんと言うが、ほんまに往生したで」

「それはけしからぬことでございます。佞人とは、いったいどなたでしょうか」

「誰とは言わんが、近衛家から五摂家《ごせつけ》筆頭と氏の長者の地位を奪おうとしている者がおるんや」

「内大臣二条昭実《あきざね》公でございますか」

家康は匕首《あいくち》を突き付けるような鋭さでたずねた。

「相手は佞人よって、なかなか正体を現さん。そやけど誰かが身共を追い落とすために、悪い噂をふりまいたことだけは確かなんや」

前久は嘘など微塵《みじん》もついていないという真剣さで力説し、佞人たちのこうした計略が朝廷を弱体化させ、秀吉に付け込まれる原因になったと言った。

「どういうことでしょうか。付け込まれる原因とは」

「知れたことや。佞人たちは身共を葬り去るために秀吉に取り入った。信長討ちの証拠をでっち上げて秀吉に渡したばかりか、いち早く勅使を下して節刀をさずけたんや。この企《たくら》みを逆手に取られ、今や秀吉の言いなりになっておる。帝のご落胤だなどと言われても、表立って反論もできん体たらくや」

「秀吉どのは何ゆえ、ご落胤などと途方もないことを言い出されたのでしょうか」

「成り上がりの野心家やからとちがうか」

「…………」

「成り上がりのてっぺんは帝になることやと、勘違いしとんのやろ。帝になれば何もかも思い通りになると思とんのかもしれん」

「なんと……、天をも恐れぬ所業でございますな」

家康は心底から驚いたふりをした。

「そうや。こんなことを絶対に許してはならぬ。そやから三河守の力が必要なんや」

「何かございますか。拙者《せっしゃ》にできることが」

「秀吉に対抗できる者は、今やそちしかおらん。そこでわしに力を貸し、佞人どもを追い払って朝廷に復帰できるようにしてほしい」

「正体が分からぬ者を、どうやって追い払うのでございましょうか」

「簡単なことや。身共と秀吉の仲を取り持ってくれたらええ。そうすれば佞人どもの讒言《ざんげん》が嘘だということを、事を分けて説明することができる」

「まことにさようでございましょうか」

「何が」

「秀吉どのが帝になろうとしておられるのなら、佞人どもを利用しつくした方が得だと考えられるのではないでしょうか」

「そんならこっちにはもっと利用価値があると、教えてやればいいんや」

「そんな手立てがございますか」

「俺は近衛太閤やぞ。余計な心配をせんと、秀吉との仲を取り持ってくれたらええ。それが帝のため、天下のためなんや」

前久は恫喝《どうかつ》じみた言葉で話を切り上げ、音高く両手を打ち鳴らした。

僧たちが四人分の酒肴《しゆこう》を運んできた。都から料理人を連れてきたようで、肴は懐石料理風に美しく盛り付けてあった。

前久は朱塗りの盃をひと息に呑み干し、家康に回した。

家康は盃を受け取り、折敷《おしき》の上に伏せた。

「何や、身共の酒は呑めん言うんか」

「思うところあって控えております。ご容赦下されませ」

「三河守、身共を疑っとるんやないやろな」

「疑わざるを得ない理由がいくつかあります」

「何や。遠慮せんと言うてみぃ」

「訊ねたところで、本当のことは聞けますまい。尊敬する太閤さまに、嘘をつかせるようなことをしたくはありません」

「尊敬する太閤さまか」

前久は虚を衝かれた顔をした。

「お事《こと》も上手にならはったな」

「かたじけのうございます」

「しかし考えてみい。亡き信長公と一番親しかったのは身共や。信長公の才能を一番買《こ》うていたのも身共や。それなのに害したりすると思うか」

「上様は太上天皇になって朝廷を意のままにしようとなされました。藤原《ふじわら》摂関家千年の伝統が、それを許さなかったのではないかと拝察しております」

「確かに中臣鎌足《なかとみのかまたり》公から数えたら、千年くらいにはなるな」

そのことに改めて思い当たったのか、前久が感慨深げにつぶやいた。

「しかし、そのことと信長公がどうつながるんや」

「上様が太上天皇になられたら、藤原一門で摂関家を独占してきた伝統が崩れる。それを避けようとなされたのではないでしょうか」

「もし身共に後ろ暗いところがあるなら、そちを頼って浜松まで来ると思うか。飛んで火に入る夏の虫やないか」

「太閤さまは思慮深く豪胆なお方でございます。それがしが秀吉どのと競うには、太閤さまのお力を必要としていると見切っておられるのでございましょう」

「さようか。ならば身共の頼みを聞いてくれるんやな」

「秀吉どのに執り成しましょう。浜松にも好きなだけ逗留なされて構いません。ただし、こうして協力するからには、上様の一件には関わっていないと、今後も言い張っていただかなければ困ります」

「えらい言われようやな。弱い者を苛《いじ》めたらあかんで」

「太閤さまを疑っている者は、他にも大勢いるはずです。それゆえこの寺の警固を厳重にし、不埒《ふらち》な輩が入り込まないようにしなければなりません」

康政を寺に常駐させて警固の指揮を取らせるので、外出や来客の時には事前に報告してもらいたい。家康はそう申し出た。

「ちょっと待て。それはこの寺に軟禁するということやないか」

「とんでもない。太閤さまをお守りするために、万全をつくすということでございます」

家康は必要なことを告げると、食事に箸もつけずに席を立った。

浜松城にもどると、家康は前久のことについて家成と語り合った。

「そちはどう見た。思う所を遠慮なく聞かせてくれ」

家成は亡き信長と同じ四十九歳。於大の方の姉の子供なので、家康の八歳上の従兄に当たる。

控え目で沈着な人柄で、長年掛川《かけがわ》城にあって遠江の守りの要となっていた。

「本当に下向されるとは思いませんでした。まことに豪胆なお方でございます」

「あのお方のことだ。秀吉どのにも交渉の手を伸ばしておられよう」

「ところが秀吉どのは相手にされなかったのでしょう。それゆえ殿を頼るしかなくなったものと思います」

「尾羽打ち枯らしたものだな。かつての関白、太政《だじょう》大臣も」

「しかし朝廷に、前久公と肩を並べるほどの切れ者が他にいるとは思えません。やがて何らかの策を用いて復帰なされましょう」

「確かに、そうだろうな」

「その時のためにも、秀吉どのとの仲介を殿に頼まれたのでございましょう」

「わしの協力を得られれば、世間への言い訳が立つということか」

信長の無二の盟友であった家康が、前久のために尽力したことが明らかになれば、信長謀殺に関わっていたという疑いを晴らすことができる。

前久がそう考えていることを、家康も見抜いていた。

それを承知で引き受けたのは、秀吉に対抗するためには、前久を身方にしておく必要があるからだった。

「だがあの御仁と対面していた時、わしは何度か素っ首を叩き落としたい衝動に駆られたものだ」

「あれは人ではございません。朝廷の権威を操る影でございます」

「そういえば、自分にはもっと利用価値があることを教えてやるとおおせであった。その価値とは何であろうな」

「さあ、何でございましょう」

「秀吉どのがご落胤であった証拠を、朝廷の書庫から見つけ出してくるつもりではあるまい」

家康が苦笑混じりに言ったのは、自分も源氏を名乗るための系図を前久に作ってもらったからだった。

「前久公がそんなことに手を貸されるとは思えませぬ。あるいは……」

家成はしばらくためらってから、前久は秀吉を猶子《ゆうし》にするつもりかもしれないと言った。

「そうすれば摂関家の一門ということになり、関白就任への道を開いてやることができます」

「なるほど。そうなれば秀吉どのに大きな貸しを作ることができる。わしに仲介を頼んだのは、そのための布石ということか」

「腹を立てられますな。その底意を見抜いた上で、どう切り返すかが知恵の見せ所でございましょう」

「一度弥八郎（正信）とあのお方を同席させ、語り合わせてみたいものだ」

政治の表も裏も知り尽くした二人が、国家や朝廷について本音で論じたなら、どれほど面白い話が聞けるだろう。

人を人とも思わぬ弥八郎の毒舌を、前久がどう受け流すかと考えただけでも、腹の底からあぶくのように笑いが込み上げてきた。

「その弥八郎どのに関わることでございますが、ひとつお願いがございます」

「うむ、何かな」

「数正が弥八郎どのと張り合い、一人相撲をとっているようでございます。数正は甥《おい》に当たりますゆえ、それがしに免じて大目に見てやって下されませ」

「案ずるには及ばぬ。数正には弥八郎より優れている所がいくつもある。そこを伸ばすことに専心せよと、折を見て言い聞かせてやってくれ」

それから五日後、音阿弥が早馬を駆って都からやって来た。

徳川家の旗を背負った使い番の装束で、具足に少しの乱れもないことが乗馬の腕の確かさを示していた。

「申し上げます。去る十八日、羽柴秀吉どのが三万の軍勢で長浜《ながはま》城を攻められました」

「何だと」

家康は驚きのあまり、不覚にも腰を浮かしそうになった。

長浜城は清洲会議で柴田勝家の所領とされ、勝家の甥の勝豊《かつとよ》が入城している。それを秀吉が攻めるのは、明らかに誓約違反だった。

「秀吉どのは、勝家どのとの和議に同意されたのではないのか」

「同意をしておきながら、公然と踏みにじられたのでございます」

「それで勝豊どのはどうした」

「翌日には羽柴勢に降伏し、城を明け渡しました。勝豊どのは以前から勝家どのに不満を持っておられたので、事前に調略されていたという噂もございます」

「そうか。あの表裏者は」

　初めから和議を結ぶ気などなかったのである。

　柴田勢が雪に閉ざされて動けなくなるのを見越し、冬になるのを待ってかつての居城を奪い返したのだった。

「これだけではございません。翌二十日には岐阜《ぎふ》城を包囲し、信孝さまに三法師さまを引き渡すように迫られました」

　秀吉らの重臣会議によって、三法師の後見役は織田信雄がつとめると決められたが、信孝はとうてい認められないと拒否の姿勢を貫いていた。

　そこで秀吉はあっという間に岐阜城下を封鎖し、三法師を引き渡すように強要したのである。

「信孝さまはこの要求に屈し、三法師さまを渡されました」

「それで、三法師さまは」

「ひとまず安土《あづち》城に移られ、丹羽長秀どのが守役をしておられます。やがて信雄さまが安土城に入られたなら、丹羽どのは退却なされるそうでございます」

「そうか。それならまだ戦を止める手立てはあろう」

重臣会議で信雄を織田家の後継者にすると決めたのだから、秀吉もこれに背くわけにはいかない。

そこで一刻も早く信雄に安土城に移ってもらい、信雄主導の重臣会議を開いて今後の方針を決めればいい。

その時には自分も軍勢をひきいて安土に伺候し、秀吉の奸計を打ち砕いてやると、家康はひそかに闘志を燃やした。

「ところが気がかりなことがございます」

「うむ。申してみよ」

「岐阜城下に出陣した羽柴勢の一部は、東海道を通って領国に引き上げました。その時、亀山《かめやま》城下で滝川一益《たきがわかずます》どのの軍勢といさかいを起こしたのでございます」

「亀山城は関盛信《せきもりのぶ》どのの居城であろう」

「関どのは北伊勢を領する滝川どのの組下に入っておられます。滝川どのは柴田どのと組んで秀吉どのと対峙しておられますので、羽柴勢の侵攻にそなえて亀山城に応援の兵を送っておられるのでございます」

そうした部隊と城下を通過しようとした秀吉配下の軍勢が争いになり、滝川勢に少なからぬ死者が出たという。

「関所の通過をめぐって口論になり、羽柴勢がいきなり鉄砲を撃ちかけたようでございます」

「仕掛けたのは、羽柴勢だな」

これも秀吉の計略だと、家康には透けて見えた。

このまま事態が収まれば、信孝や勝家に戦を仕掛ける口実がなくなる。そして信雄のもとに織田家の重臣たちが結束したなら、秀吉が付け入る隙は失われる。

そこで血の気の多い滝川一益を挑発し、挙兵させようとしているのだった。

「朝廷の動きはどうじゃ。秀吉どのは帝のご落胤だと言っておられると聞いたが」

「これには公家衆もあきれるばかりで、まともに取り合おうとするお方はおられません」

音阿弥は朝廷の女官ともつながりがあり、内情を詳しく知っていた。

「さようか。それは結構なことじゃ」

「ところが秀吉どのはそれが通らぬと見て、二の矢を用意しておられました」

「ほう。どんな矢だ」

「誠仁《さねひと》親王の六《ろく》の宮《みや》さまを猶子にしたいと、内々に申し入れられたのでございます」

六の宮とは後に桂別業《かつらべつぎょう》（桂離宮）を造営した八条宮智仁《はちじょうのみやとしひと》親王のことである。

信長は誠仁親王の五の宮を猶子にして、やがて皇位につけることで太上天皇になろうとした。

前久らがこれを阻止しようとしたことが、本能寺の変の原因のひとつになったが、秀吉も六の宮を猶子にすることで、信長と同じ手を使うぞと朝廷を脅しているのである。

「秀吉どのがご落胤の話を持ち出されたのは、むしろこちらの要求を通すための布石ではないかと思われます」

「ご落胤の話を拒むなら、こちらを通せということか」

「弱みを握られている朝廷としては、どちらも拒むとは言いにくいのでございます」

「それでどうするつもりだ、朝廷は」

「今は九条兼孝《くじょうかねたか》公と弟君の二条昭実公が朝廷を仕切っておられますが、度胸も経験も見識もなく、秀吉どのの仕掛けにうろたえておられるばかりでございます」

それゆえ帝も女官たちも、近衛前久にもどってもらいたいと切望しているという。

「前久公は先月から浜松に来ておられる」

「存じております」

「ならばこれから龍禅寺に行き、都の状況を伝えてやってくれ」

前久の評価が上がれば利用価値も大きくなる。家康にとっては有利な状況になりつつあるのかもしれなかった。

第五章

宿敵秀吉

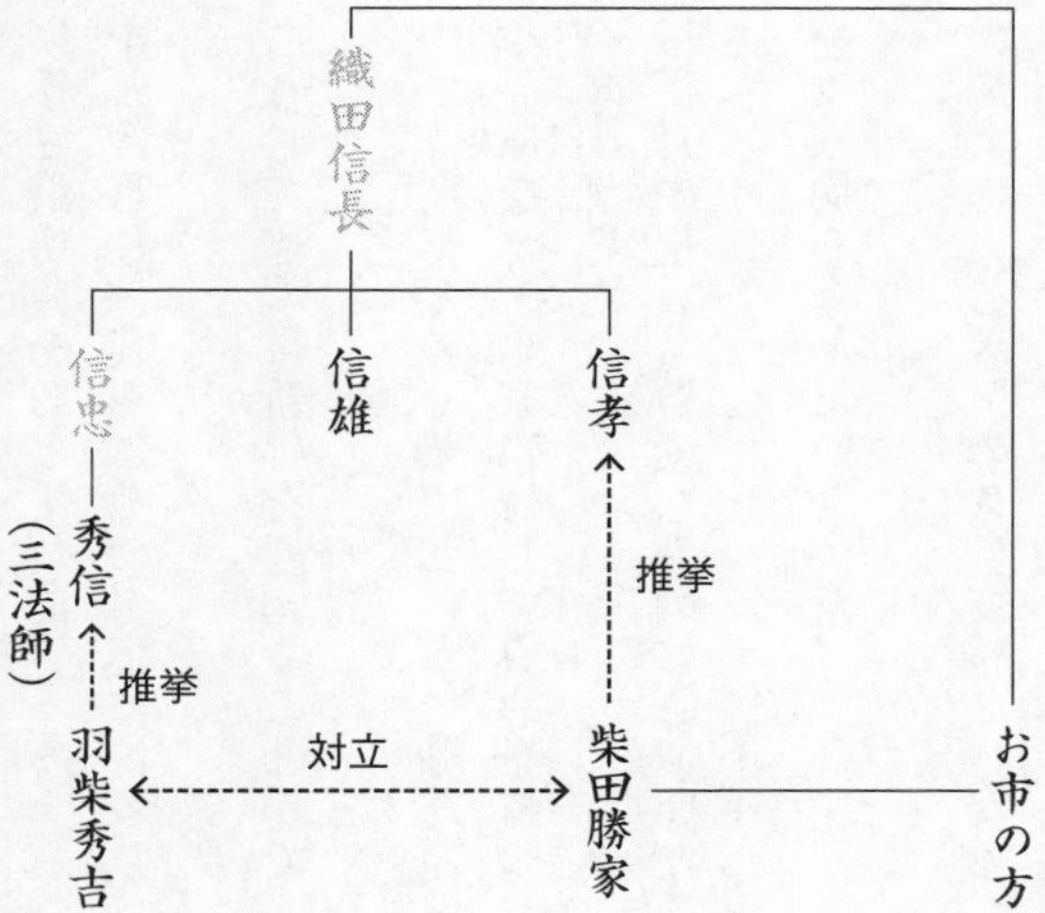

織田家の後継ぎをめぐる争い

波乱含みのうちに、天正《てんしょう》十一年（一五八三）の年が明けた。

元日には家中の主立った者たちが、新年の挨拶に浜松城《はままつ》をおとずれた。

「皆も知っての通り、昨年は上様が非業の死をとげられ、我らはその対応に忙殺された」

家康《いえやす》は三十人ばかりの重臣たちを見回し、こうして無事に新年を迎えることができたのは皆の働きのおかげだと言った。

「だが、すべてが治まったわけではない。畿内《きない》では羽柴《はしば》どのと柴田《しばた》どのが一触即発の対立をつづけておられる。信濃《しなの》には真田《さなだ》や小笠原《おがさわら》など、当家に対して異心を持つ者もいる。こうした問題をどう乗り切るかが今年の課題だ」

だから気を引き締めてもらいたいと、家康は正月の祝いも質素なものにしていた。

一月四日には領内の僧たちを集め、信長《のぶなが》の供養をおこなった。

信長の冥福を祈り、皆で結束してこの難局を乗り切ろうと誓い合った。

翌五日には身内を集めて新年の祝いをした。

集まったのは四人の側室と子供たち。母親の於大《おだい》の方《かた》と義父の久松俊勝《ひさまつとしかつ》。長女の亀姫《かめ》と夫の奥平信昌《おくだいらのぶまさ》、それに亀姫が産んだ三人の孫である。

こうして全員を集めたのは、督《とく》姫と北条氏直《ほうじょううじなお》の結婚が決まったことを報告するためだった。

「北条家とは甲斐《かい》や信濃の領有をめぐって激しく争った。我らは一万余、北条はその三倍以上の軍勢を出す激戦だったが、我らは一歩も引くことなく戦い、有利な条件で和議を結ぶことができた」

家康は十歳になった於義丸《おぎまる》、五歳の竹千代《たけちよ》にも分かるように、噛んで含めるような話し方をした。

「和議にあたっては、北条方から督姫を氏直どのの正室に迎えたいという申し入れがあった。督姫がこの縁談を承知してくれたおかげで、我らは北条と決戦することなく甲斐と信濃を手に入れることができた」

家康は督姫と西郡《にしごおり》の方を側《そば》に呼んで、二人の労をねぎらった。

「我々は家族という船に乗り合わせた者同士だ。それぞれ助け合い励まし合って船を守らなければ、生きていくことはできぬ。於義丸、竹千代、分かるか」

「はい。父上」

「分かります。父上」

二人は競い合うように声を上げた。

「男は外に出て戦い、女は内にいて家を守るが、そればかりではない。嫁いだり養子となって他家に入るのも、子供にとっての大切な役目だ。今日こうして皆に集まってもらったのは、督姫の婚約を祝うと同時に、互いが同じ船に乗り合わせ、運命を共にする者同士だということを分かってもらいたいからだ」

家康は皆の前で督姫と西郡の方に引出物を贈った。

金百両（約八百万円）と、お市《いち》の方が送ってくれた縮羅《しじら》と端綿《はわた》で作った綿入れだった。

「話はすんだようですから、そろそろ構わないでしょう」

於大の方が食膳を運び込むように侍女たちに命じた。

正月と婚礼を祝う膳には、於大の方が腕によりをかけて作った棒鱈《ぼうだら》の煮物が添えてあった。

皆でお屠蘇《とそ》を飲んでから、家康は煮物に箸をつけた。

醤油と砂糖で甘辛く煮た鱈は絶品だった。身のほぐれ具合もよく、嚙んだ時に煮汁の旨味《うまみ》が口一杯に広がる。

中でも鰓《えら》のところが、家康は好きである。

あご骨についた味のしみた鰓はさくさくとした歯応えがあり、骨ごとしゃぶると何ともいえない旨さがある。

「どうです。お口に合いますか」

於大が勝ち誇ったように反応をうかがった。

「実に旨いです。やはり母上の煮物はひと味ちがいます」

「そうですか。こんな物でよければ、いつでも申し付けて下さい」

「お願いします。鰆は子宝に関わる縁起物ですから」

お市が送ってくれたものだと思えば味も格別である。

何人もの側室がいても、幼馴染《おさななじ》みで信長の妹であるお市は特別な存在なのだった。

「お方さま、どうやって煮たらこんなにおいしくなるのでしょうか」

お万《まん》がたずねた。

「そんなに改まらないで、伯母上《おばうえ》さまと呼んでいいのですよ。お前は私の姪《めい》なのですから」

於大は露骨にお万を贔屓《ひいき》している。

下ぶくれの顔立ちも丸く太った体付きも、近頃ますます似通っていた。

「でも、皆さまがおられますから」

お万は他の側室たちに気を遣った。

「大切なのは水でもどす時です。丸物の鱈を五日ほど冷たい水につけます。その間朝晩水を替えなければなりません。そしてもどした後に腹の薄皮をとり、米のとぎ汁で一刻（約二時間）ばかりゆでて臭みを取るのです」

於大は立て板に水のように語ったが、これではお万にはとても覚えられそうになかった。

「母上、それは何かに書いて、後で皆に教えてやって下さい」

家康が助け船を出した。

「料理は経験と勘ですから、教えてもなかなか同じ味にはなりません。しかし老い先短い身ですから、お万にはしっかりと受け継いでもらわなければね」

於大は今年で五十六歳。十四の時に家康を産んで、すでに四十二年もたっていた。

「こんな機会ですから遠慮のないことを言いますが、今年こそ後継ぎを決めるべきではありませんか」

「そのことについては、重臣たちの意見も聞いてからと思っております」

家康は話に深入りするのを避けた。

於義丸も竹千代も話の内容が分かる歳《とし》になっているので、あからさまなことを聞かせたくなかった。

「あなたはさっき、家族は同じ船に乗り合わせ、運命を共にする者同士だと言いましたね。それなら皆で将来のことを語り合えばいいではありませんか。重臣たちの意見など、気にすることはないはずです」

「奥や、今日は督姫さまの祝いの席じゃ。そのような話はふさわしくあるまい」

久松俊勝が家康の心中を察して妻の口を封じようとした。

「今日ほどふさわしい日はありませんよ。みんなこうして集まっているんですから」

於大はあなたこそ口を出すなと言わんばかりに切り返した。

「いつぞやもご心配いただきましたが、いまだに決めかねております」

家康は観念して正直なことを言った。

「それはなぜですか」

「於義丸と竹千代はまだ幼く、どのような資質を持っているか分かりません。せめて元服するまでは」

「それなら長幼の序に従ったらどうですか」

於大は追及の手をゆるめなかった。

「そうしたことも含めて、元服するまでは待ちたいと思っております」

早く決めなければと思うことは時々ある。だが信康《のぶやす》を助けてやることができなかったすまなさが今もあって、その問題に向き合うことを避けているのだった。

「甲府《こうふ》におられた時、刺客に襲われたそうですね」

「どうして、それを」

「家中の者が噂《うわさ》していました。その時命を取られていたなら、当家はどうなっていたと思いますか。船頭も梶《かじ》も失って、船は沈むしかないのですよ」

家康の祖父の清康《きよやす》も、父の広忠《ひろただ》も若くして非業の死をとげた。だからそうした場合にそなえて、万全の手を打っておくのが当主としての務めなのだと、於大は表情を険しくして言いつのった。

「あなたにこんなことを言えるのは、私しかいません。ですから心を鬼にして申し上げているのですよ」

「分かりました。ご配慮に感謝しますが、今日はここまでにして下さい」

家康はせり上がる怒りを呑《の》み込み、厠《かわや》に行くと言って席を立った。

翌日、清洲《きよす》の織田信雄《おだのぶかつ》から急使が来た。

使者は信雄の老臣飯田半兵衛《いいだはんべえ》だった。

「明けましておめでとう存じます。今年もよろしくお願い申し上げます」

世慣れた半兵衛は、型通りの挨拶をしてから用件にかかった。

「年明け早々、滝川一益《たきがわかずます》どのが亀山《かめやま》城を占拠し、羽柴秀吉《ひでよし》どのを迎え撃つ構えを取っておられます」

「城主の関盛信《せきもりのぶ》どのは、滝川どのの組下ではないのか」

「組下ではありますが、秀吉どのと意を通じておられたようでございます。これを怒った滝川どのが、関どのを追い出して城を乗っ取られたのでございます」

「いまひとつよく分からぬ。亀山城下で滝川勢と羽柴勢が争闘におよんだとは聞いておるが」

「さよう。東海道を通って近江《おうみ》に向かう羽柴勢を、滝川勢は関所で改めようとしました。すると羽柴勢は鉄砲を撃ちかけて押し通ったゆえ、滝川どのは信雄さまに処罰をするように訴えられたのでございます」

「それは、もっともなことじゃ」

「そこで信雄さまは関盛信どのにも事情を聞かれました。すると関どのは、あれは口論の末に争闘になったもので、喧嘩両成敗だとおおせられたのでございます」

これは秀吉に籠絡《ろうらく》されて嘘の証言をしているのだ。一益はそう反論し、盛信を捕らえるために亀山城に攻め寄せた。

ところが盛信は城を捨てて近江に逃れ、日野《ひの》城に身を寄せているという。

「なるほど。それも秀吉どのの計略のようだな」

「三河守《みかわのかみ》さまも、そう思われますか」

「秀吉どのは何としてでも柴田どのや信孝《のぶたか》さまとの戦《いくさ》に持ち込もうとしておられる。一益どのを挑発して兵を出させたのは、そのきっかけにするためだ」

「滝川どのもそのように訴え、羽柴どのと雌雄を決するゆえ、信雄さまに旗頭になるように求めておられるのでございます」

「ほう、それは」

一益も案外思慮深いと家康は思った。

秀吉の戦略は織田家を分断し、各個撃破することだ。初めは信孝を葬り、次に信雄を意のままにしようと考えているにちがいない。

これに対抗するには信孝、信雄をひとつにし、織田家対秀吉という構図にするしかないのだった。

「この先どうするべきか、信雄さまも決めかねておられます。そこで三河守さまとお目にかかり、お知恵を拝借したいとおおせでございます」

「分かった。国境《くにざかい》まで出向くゆえ、日時と場所をお知らせくださるように信雄さまに伝えてくれ」

両者の対面は一月十八日に行われた。

場所は三河の国境に近い尾張《おわり》の星崎《ほしざき》城である。

家康は信雄に年賀の挨拶に行くと触れ、二千の軍勢を引き連れて尾張に向かった。

信雄はその労に報いるために国境まで出向き、星崎城に案内したのである。

星崎城は天白《てんぱく》川の西側にあった。

桶狭間《おけはざま》の戦いの時に激戦地となった鳴海《なるみ》城や大高《おおだか》城にもほど近い。家康にとって懐かしくもほろ苦い思い出に彩られた場所だった。

東海道を扼《やく》する位置に建てられた城は、本丸、二の丸、三の丸をそなえた厳重な造りで、織田信雄の家老の岡田《おかだ》長門守《ながとのかみ》重善《しげよし》が城主を務めていた。

家康は本丸御殿で信雄、重善と対面した。

「三河守どの、ご足労をいただきかたじけない」

信雄は二十六歳になる。

面長で鼻筋の通った顔立ちは驚くほど信長に似ているが、天下をにらむ覇気はない。信長から繊細さと芸術的な才能だけを受け継いだようだった。

「こちらこそお出迎えいただきかたじけのうございます。北条家との戦の折には、援軍を送っていただき有り難うございました」

家康は正月の進物として甲州《こうしゆう》金千両（約八千万円）を持参していた。

「戦の様子は水野《みずの》重忠《しげただ》から聞きました。見事に勝たれたようで、お祝い申し上げます」

「織田家の後押しがあってこその勝利です。甲斐、信濃の知行もお認めいただき、重責に身が引き締まる思いです」

「三河守どのは父がもっとも信頼していたお方です。これからも織田家の後ろ楯《うしろだて》となっていただきとうございます」

「亀山城のことは、ご使者の飯田どのからうかがいました」

その後滝川一益の動きはどうだろうかと、家康は本題に入るようにうながした。

「そのことについては、それがしからご説明申し上げます」

長門守が話を引き取った。

五十七歳になる沈着な武将で、信雄の祖父信秀《のぶひで》の代から織田家に仕え、数々の武功を上げてきた。

今の信雄にとって柱石と言うべき存在だった。

「羽柴どのは織田家を乗っ取るつもりだと、滝川どのはおおせでございます。それを防ぐには、今のうちに結束して羽柴を叩くしかないと」

「長門守どのもそうお考えかな」

「確かに羽柴どののやり方は目に余ります。重臣会議の決定と称し、信孝さまから勝手に三法師《さんぼうし》さま後見の役目を奪ったばかりか、軍勢を動かして岐阜《ぎふ》城を包囲し、三法師さまをも奪い取りました。しかも柴田どのと和議を結んでいながら、長浜城を横取りされました」

秀吉のこうしたやり方は謀叛《むほん》と言うべきものだと、長門守は怒りを抑えた低い声で訴えた。

「信孝さまと和解して、織田家は結束できますか」

「それがしが岐阜城に出向き、信孝さまと膝を交えて話をして参りました。すると信孝さまは、兄上に対して弓を引くつもりはないとおおせでございました」

「その上信孝は、羽柴秀吉違背の条々という書状を送ってきました」

どうぞご披見をと、信雄が立て文を差し出した。

十二ヶ条にわたる書状には、秀吉が本能寺《ほんのうじ》の変が起こることを知っていながら信長を見殺しにしたいきさつが記されていた。

一、変は誠仁《さねひと》親王や近衛前久《このえさきひさ》らが、信長が太上《だじょう》天皇になることを阻止しようとして引き起こしたこと。

一、そのために前久は従兄弟にあたる足利義昭《あしかがよしあき》を上洛《じょうらく》させて足利幕府を再興する策をとり、明智光秀《あけちみつひで》を身方《みかた》に引き入れて信長を討たせたこと。

一、ところが前久が手足として使っていた吉田兼和《よしだかねかず》（後の兼見《かねみ》）が、従兄弟の細《ほそ》川幽斎《かわゆうさい》に計略を告げて協力を求めたために、幽斎からイエズス会に筒抜けになったこと。

一、幽斎がこのようなことをしたのは、丹後《たんご》の宮津《みやづ》に南蛮船《なんばんせん》を呼んで貿易に参入しようと目論《もくろ》んでいたためであること。

一、情勢はイエズス会から黒田官兵衛《くろだかんべえ》に伝えられ、変の混乱を利用して秀吉に天下を取らせる計略が立てられたこと。

一、秀吉が備中《びっちゅう》からの大返《おおがえ》しができたのは事前に仕度をしていたからであり、毛利輝元《もうりてるもと》から鉄砲や旗を借りたのは、将軍義昭に身方すると偽って追撃を避けるためだったこと。

一、山崎《やまざき》の合戦の翌日に、節刀をさずける勅使が鳥羽《とば》まで来たのは、誠仁親王が信長謀殺に関わっていた証拠を握った秀吉が、朝廷を脅して実行させたこと。

一、計略を知った信孝が吉田兼和を捕らえようとしたところ、秀吉が軍勢を出して道を封じたこと。

等々、信孝が本能寺の変の内情をかなり正確に知っていたことを証す条文ばかりである。

その上で信孝は、父上の本当の仇《かたき》は秀吉であり、織田家を乗っ取って天下を盗もうとしているので、絶対に許すことはできないと訴えていた。

「この条々について、三河守どのはどう思われますか」

信雄が切れ長の目を向けた。

「このような噂を聞いたこともありますが、都には知己が少なく、本当かどうか確かめる術《すべ》がありませぬ」

家康は立て文をたたんで信雄に返した。

以前ならよくぞ真相にたどり着いたと賞讃したかもしれない。

だが今は近衛前久を庇護《ひご》して秀吉と対抗しようとしているので、事実だと認めるわけにはいかなかった。

「信孝は思い込みが激しいので、いさみ足もあると思います。しかし我らの手の者の報告とも、重なるところが多いのです」

「もし事実だとしたなら、信雄さまはどうなされますか」

「許すわけにはいきません。信孝と和を結び、柴田や滝川とも計らって、秀吉を討ちはたすべきと存じます」

「それこそ秀吉どのの思う壺《つぼ》かもしれませんよ。織田家を一気に葬り去ることができるのですから」

「恐れながら、三河守どの」

長門守がたまりかねて口をはさんだ。

「織田家と徳川家が結束したなら、羽柴どのに負けるはずがないと思いますが」

「そうかな。秀吉どのはすでに毛利家を身方にしておられる。高山右近《たかやまうこん》、蒲生氏郷《がもううじさと》のようなクリスタン大名も、黒田官兵衛の指揮のもとに結束して動いておる。しかもイエズス会やスペインの支援を得て、弾薬も充分に買い付けることができるのじゃ」

「羽柴どのは主家に弓引く謀叛人でござる。身方する者はそれ以上には増えますまい」

「織田家の重臣の中にも、丹羽長秀《にわながひで》どのや池田恒興《いけだつねおき》どののように秀吉どのに身方する方がおられる。それに大義名分など、いかようにも作れるものであろう」

本能寺の変の真相に触れたことが、家康の視野をこれまでになく広くしていた。

「大義名分を作れるとは、どういうことでござろうか」

「朝廷に織田家討伐の勅命を出してもらうことも、足利義昭公を奉じて幕府を再興することも、今の秀吉どののなら思いのままだ」

「まさか。そんな法外な要求に、朝廷や義昭公が応じるとは思えませぬ」

「朝廷も義昭公も、今や秀吉どのの虜《とりこ》と同じじゃ。信義や体面にさえこだわらなければ、どんな使い方もできる」

「信じられぬ。信義や体面を捨てたなら、もはや武士とは言えますまい」

「秀吉どのはもともと武家の生まれではない。それゆえ勝つためにはどんな手段を用いても恥とは思われぬ」

「では我らはどうすべきだと、三河守さまはお考えでございましょうか」

長門守は納得しかねる表情のままだった。

「重臣会議で信雄さまを織田家の家督と決めたのなら、一刻も早く安土《あづち》城に入られるべきであろう。そうしてもう一度重臣を集めて会議を開き、信雄さまの主導のもとで今後の方針を決めればよい」

「しかしその会議も、秀吉どのの意のままにされるのではありますまいか」

「信孝さまや柴田どの、滝川どのも会議に呼び、秀吉どののやり方についても大いに議論をすればよい。そうすれば丹羽どのや池田どのとて、秀吉どのの言いなりになっているわけにはいくまい」

「なるほど。三河守どののおおせの通りじゃ」

信雄はすぐに同意したが、

「しかし、そのような会議を開くと知ったなら、秀吉がどんな手を使って潰しにかかるか分かりません」

気弱そうな顔をして身をすくめた。

「その時には、それがしにも出仕をお命じ下されませ。一万ばかりの兵をひきいて城下に陣取り、秀吉どのの勝手にはさせぬように目を光らせておりましょう」

「我らが結束しても秀吉には勝てぬと、先ほどおおせられたが」

「長期戦になれば、どうなるか分からぬと申し上げたのでございます。されど短期の野戦なら、秀吉どのに負けることは絶対にありません」

家康は自信をもって言いきった。

「長期戦にも勝つ方法はありませんか」

「それはあると存じます」

「教えて下さい。どうすればいいのか」

信雄がすがりつくように身を乗り出した。

家康は頭の中で考えをまとめ、おもむろに口を開いた。

「弾薬を輸入する手立てを確立することです。南蛮貿易を押さえているスペインは秀吉どのを支援していますから、それ以外の方法を考えなければなりません」

「ありますか。そんな方法が」

「九州の島津《しまづ》を身方にすることです。島津は鉄砲が伝来した種子島《たねがしま》を領し、早くから南蛮と貿易して硝石や鉛を買いつけています」

だが島津義久《よしひさ》はイエズス会とは距離をおき、独自の船団を組織して南蛮との貿易をしている。

それゆえ島津を身方にすれば、弾薬を手に入れることができるのだった。

「しかし我々には、島津家との縁がありませんが」

「近衛前久公は島津家とは昵懇《じっこん》の間柄でございます。公を通じて交渉すれば、何とかなると存じます」

これは本多《ほんだ》弥《や》八郎正信《はちろうまさのぶ》からさずけられた知恵だった。

実は家康が近衛前久との和解に同意したのは、朝廷工作のためばかりでなく、島津家から弾薬を買いつける切り札としても使えると考えてのことだった。

「もうひとつは根来《ねごろ》や雑賀《さいか》の鉄砲衆を身方にすることでございます。あの者たちも独自に船を出して弾薬を買いつけておりますが、その多くは一向一揆の者たちでございます」

雑賀の一向宗徒たちは、手に入れた弾薬を伊勢《いせ》長島《ながしま》に運び、北条家や武田《たけだ》家に売りさばいていた。

信長はこの流通路を断ち切るために伊勢長島の一向一揆を絶滅させたが、雑賀の一揆衆は健在で貿易に従事していた。

しかも彼らは薩摩《さつま》や土佐《とさ》の一揆衆とも親密な関係を保ち、黒潮ルートで自在に弾薬を入手していたのである。

「最後の手は、スペインと敵対している国々から買い付けることでございます。これはまだ何の手立てもありませんが、やがて配下の者を南蛮につかわし、かの国の商人と渡りをつけさせるつもりでございます」

カトリックのスペインに対して、プロテスタントのイギリスやオランダなどは激しい戦いを挑んでいる。だからスペインと結んだ秀吉に対抗するには、そうした国と好《よしみ》を通じるしかない。

こうした国際的な計略も、弥八郎正信から学んだことだった。

織田家の当主として早急に安土城に入るという約束を信雄から取り付けた家康は、一月二十日から吉良《きら》で鷹狩《たかが》りに興じ、閏《うるう》一月一日に浜松城にもどった。

十日ちかくも吉良にとどまったのは、信雄が約束をはたすかどうか見届けるためだった。

これに尻を叩かれた信雄は、閏一月四日に安土城に入って重臣たちと対面した。

その知らせを飯田半兵衛から受けた家康は、閏一月五日に祝いの書状を送っている。

〈信雄さまが安土に御着城なされた様子や、宿老《しゆくろう》の方々がご尽力なされた旨、詳しく知らせていただき喜んでいます。我々がどれほど目出たいことだと思っているかご推量下さい。なお引きつづき様子を知らせて下さるよう願っています〉

家康はこれで信雄中心の体制を作り、秀吉の動きを封じ込められると考えていたが、秀吉の反撃は早かった。

足利義昭の帰洛に協力すると決め、信雄に承知するという誓約書を書かせた上で毛利輝元との交渉を始めたのである。

秀吉が輝元に義昭を帰洛させるように求めたのは、幕府を再興して織田家を傘下の大名にしようとしたのだろう。

再興した幕府を秀吉は意のままに操ることができるのだから、信雄の上位に立つことも可能である。あるいはこんな手があるぞと見せつけることで、信雄を黙らせようとしたのかもしれない。

にもかかわらず、信雄は秀吉に言われるままに誓約書を書き、家康には何の説明もしなかったのである。

それ以上に衝撃的な知らせが、二月二十三日に飛び込んできた。

「依田信蕃《よだのぶしげ》どのが討死《うちじに》なされました」

服部半蔵《はっとりはんぞう》が自ら報告に来たことが、事の重大さを物語っていた。

「何ゆえじゃ。もはや佐久《さく》郡に有力な敵はおるまい」

家康は佐久郡の仕置きを大久保忠世《おおくぼただよ》に任せ、信蕃とともに制圧を進めさせていた。

そしてほぼ平定を終えたので、忠世らを引き上げさせようと考えていた矢先だった。

「北条方の残存勢力が小諸《こもろ》城と岩尾《いわお》城に立てこもっておりました。依田どのは岩尾城を攻め落とそうと、陣頭に立って指揮をとっておられたのでござる」

もはや城中には兵糧《ひょうろう》も弾薬も尽きている。そのことを知っていた信蕃は、自ら城に攻め入って身方を鼓舞しようとした。

ところが突然現れた鉄砲隊に銃撃され、弟の信幸《のぶゆき》とともに討ち取られたのである。

「それは上杉《うえすぎ》家がひそかに城内に送り込んだ者たちのようでございます。岩尾城はこの前日に降伏すると申し入れてきたために、我らも監視をゆるめておりました。その隙に鉄砲衆を十人ばかり、城内に入れたのでございましょう」

「上杉は北条と手を結んだか」

「羽柴秀吉どのと手を結び、北信濃の制圧に乗り出そうとしているようでございます」

半蔵は配下の伊賀者《いがもの》を使って上杉の動きをかなり詳細につかんでいた。

秀吉は側近の増田長盛《ましたながもり》を使い、上杉景勝《かげかつ》の重臣である直江兼続《なおえかねつぐ》と同盟の交渉をさせていた。

　これが二月初めまでにまとまり、景勝は北信濃に侵攻して家康の背後をおびやかすことにしたのである。

　家康を信濃に釘付《くぎづ》けにして、織田信雄の支援に向かわせないための策だった。

「上杉がなぜ秀吉の身方をするのだ」

「上杉は越中《えっちゅう》の佐々《さっさ》どのや越前《えちぜん》の柴田どのと敵対しています。羽柴どのは両者を東西から挟み撃ちにしようと、上杉に申し入れられたのでございましょう」

「それに応じて北信濃を取るために、上杉は信蕃を討ち取ったのだな」

「そればかりではありません。依田勢が岩尾城に攻めかかる前に、小諸城の北条勢は城を捨てて退去しました。それを知った真田昌幸《まさゆき》どのは、一門の禰津昌綱《ねづまさつな》らをいち早く城に入れて占拠させましたが、禰津らは上杉に援軍を求めたのでござる」

「真田がひそかに上杉に通じたということか」

「真田どのは一門の者が裏切ったのだと言って、上杉方についた者たちを討伐しようとしておられます。しかし知略縦横のお方ゆえ、油断はできませせぬ」

　こうした事態を受けて、家康は信濃対策に全力を注がざるを得なくなった。

まず甲斐や信濃に残してきた本多正信、大久保忠世、鳥居元忠《とりいもとただ》、平岩親吉《ひらいわちかよし》、井伊《いい》直政《なおまさ》らに、上杉勢の侵攻に備えて境目の守りを強化するように命じた。

次に信濃の国衆《くにしゅう》に使者を送り、所領安堵《あんど》の約束をして身方につなぎ止めようとした。

そして三月下旬には一万余の軍勢をひきいて甲府の新府城《しんぷ》に入り、上杉への対応に当たったのである。

甲府の新府城に入った徳川《とくがわ》家康は、越後《えちご》から川中島《かわなかじま》四郡の制圧に乗り出してきた上杉景勝への対応に忙殺されることになった。

羽柴秀吉が景勝と同盟を結んだのは、家康をこの方面に引き付けて動きを封じるためと、柴田勝家《かついえ》や佐々成政《なりまさ》を東から牽制《けんせい》させるためだった。

ところが景勝はこの機会に川中島四郡ばかりか北部信濃まで手に入れようと、越中や越前方面には目もくれずに南下政策を推し進めた。

長沼《ながぬま》城や海津《かいづ》城を拠点にして川中島四郡の支配を固めた景勝は、さらに筑摩《ちくま》郡や小県《ちいさがた》郡の制圧を目ざしてさかんに国衆を調略しようとした。

これに対して家康は筑摩郡の小笠原貞慶《さだよし》、小県郡の真田昌幸を身方につなぎ止めることで対抗しようとした。

中でも難しいのは真田への対応だった。

というのは北条家と和議を結んだ時、真田の所領だった沼田領を含む上野《こうずけ》一国を引き渡すと約束したからだ。

これに反発した昌幸は、沼田領を守り抜くために北条家と激烈な戦いをつづけている。

しかし北条家との縁組みを決めた家康としては和睦《わぼく》を反古《ほご》にすることもできないので、苦しい対応を迫られていた。

この解決策として家康が取りかかったのが、千曲《ちくま》川ぞいの尼ヶ淵《あまがふち》での築城（後の上田《うえだ》城）だった。

「この城は上杉勢の侵攻を防ぐと同時に、川中島四郡に進攻する拠点ともなる。城を築いた後は真田家に引き渡すゆえ、沼田領との引き替えだと考えてもらいたい」

昌幸にそう申し入れたが、所領と城では釣り合いが取れぬと一蹴された。

そこで上杉を追い出し川中島四郡を取り返したなら、沼田領と引き替えに真田家に与えるという条件で何とか納得させた。

律儀な家康は大久保忠世を責任者とし、築城に長《た》けた武田遺臣の協力を得て頑丈この上ない城を築くことにしたが、後に昌幸が敵方になって上田城に立《た》て籠《こ》もったために、手痛い敗北を喫することになるのだった。

そうしている間に四月下旬になり、各地の身方から上方の様子を伝える使者が送られてきた。

四月二十一日に近江の賤ヶ岳《しずがたけ》で秀吉と勝家が合戦に及んだこと。勝家は敗走し、四月二十四日には北ノ庄《きたのしよう》城を攻め落とされ、お市の方と共に自刃したこと。

織田信孝も勝家に呼応して兵を挙げたが、岐阜城を攻め落とされて降伏したこと。信孝は捕らえられ、知多《ちた》半島の野間《のま》大坊《だいぼう》（大御堂寺《おおみどうじ》）で自害させられたこと。

前田利家《まえだとしいえ》は勝家方として出陣したが、賤ヶ岳の戦いの直前に陣を引き払い、秀吉に恭順したこと。

などなど切れ切れに情報が伝えられたが、全体像をうかがうには不充分で、家康の焦燥はつのるばかりだった。

そんな中でまとまった情報を伝えてくれたのが、知多を領する水野忠重だった。

五月二日の夕方、

「殿、父上から使者が参りました」

忠重の嫡男勝成《ちゃくなんかつなり》が案内して来た。

沼津《ぬまづ》まで船で来たという使者が、油紙で厳重に包んだ忠重の書状を差し出した。

それには時間を追って何が起こったかを克明に記し、戦場の絵図まで添えてあった。

勝家は三月十七日、二万余の北国勢をひきいて余呉湖《よごこ》の北の玄蕃尾《げんばお》城に布陣した。これは伊勢《いせ》で窮地におちいっている滝川一益を支援するためで、その後一ヶ月ちかくも長浜城を本陣とする秀吉勢とにらみ合いをつづけた。

これを見た織田信雄は何度か仲裁を申し入れたが、秀吉は応じようとしなかった。柴田勢に倍する軍勢を集め、最新の鉄砲と大量の弾薬を装備しているのだから、どんな手を使っても合戦に持ち込もうとしたのである。

この態度に業を煮やしたのか、それとも重臣たちを次々と調略されることに危機感をつのらせたのか、四月十六日に織田信孝が勝家に呼応して兵を挙げた。

秀吉は即座に美濃大垣《みのおおがき》城に入り、岐阜城を攻める構えを取った。

これを好機と見た勝家方の佐久間盛政《さくまもりまさ》が、四月二十日に秀吉方の中川清秀《なかがわきよひで》の砦《とりで》を攻めて陥落させた。

これを知った秀吉は大垣から賤ヶ岳までの十三里（約五十二キロ）の道を夜通し駆け、二十一日の早朝から柴田勢に攻めかかった。

柴田勢も奮戦して互角の戦いをくり広げたが、勝敗の分かれ目が迫ったまさにその時、思いもかけないことが起こった。

三千の軍勢をひきいて佐久間勢の後ろ備えをしていた前田利家が、突然旗を巻いて退却を始めたのである。

これを見た柴田勢は恐慌におちいった。

前田勢の陣所を秀吉方に占拠されれば、本陣と先陣の間を分断されることになる。

それより何より、勝家の右腕である利家が秀吉に身方したことの衝撃は、はかり知れないほど大きかった。

「これでは勝てぬ」

誰もがそう思い、我先にと敗走を始めた。

総崩れとなった柴田勢を、秀吉勢は猛然と追って北国《ほっこく》街道を北上し、四月二十四日に北ノ庄城を攻め落とした。

その様子は、朝倉義景《あさくらよしかげ》を攻め滅ぼした時の織田信長の戦ぶりを見るようだったという。

「秀吉どのが岐阜城攻めに向かわれたのは、後の先を取るためだったようだな」

家康はそう察した。

わざと敵に打ち込ませ、動きを見切った上で反撃することを、奥山神影流《おくやましんかげ》では後の先を取るという。

秀吉はわざと隙を見せて柴田勢に戦端を開かせ、得意の大返しで逆襲に転じたのである。

「羽柴どのは信孝さまの挙兵を知ると、人質に取っていた信孝さまの母上と姫君を磔《はりつけ》に処されました」

使者が告げた。

信孝の母は信長の側室だった坂《さか》氏の娘である。それを平然と磔にしたのは、この戦いに和睦はないと知らしめるためだった。

「さようか。それで前田利家どのはどうなされた」

「いったん越前の府中《ふちゅう》城に立て籠もられましたが、羽柴どのの説得に応じて開城し、北ノ庄城攻めの先陣をつとめられました」

「あの又左衛門《またざえもん》どのが、そのようなことを」

なさるはずがないと、勝成が口をはさんだ。

槍《やり》の名手で傾《かぶ》き者《もの》として知られた利家を、勝成はひとかたならず敬《うやま》っている。その利家が武士にあるまじき振る舞いをするとは、信じられないようだった。

「無念ながらまことでございます。昨年十一月から調略されておられたのでございましょう」

使者が言った昨年十一月とは、利家が勝家に命じられて秀吉を訪ね、和議の交渉を行った時のことである。

秀吉は和議に応じると言って勝家をあざむいたばかりか、ひそかに利家を調略していたのである。

「すると利家どのは、初めから裏切るつもりで出陣されたのか」

利家の人のいいおだやかな顔立ちを思い出し、家康は何ともいえない気持ちになった。

お市に書状を送って和議を勧めたことが、こんな風に裏目に出るとは想像さえしていなかった。

翌日、家康は忠重に礼状を書いて使者に託した。

五月三日付の書状は次の通りである。

〈江北表において合戦の模様、ならびに絵図差し越され、すなわち披見されその意を得られ候。なお柴田討死の儀、方々より同説注進候。次に勢州に出陣あるの由、御辛労候。なお来音（次の音信）を期し候〉

忠重が伊勢に出陣するのは、織田信雄の命令で伊勢長島城に立て籠もっている滝川一益を攻めるためである。

何とか両派の和解を成しとげようとしていた信雄は、秀吉にことごとく動きを封じられた揚句、秀吉と行動を共にしていることを天下に示すために、一益を攻める役目を負わされたのだった。

使者を送り出した後も、家康の胸には秀吉への怒りと自分の愚かさへの後悔がへばりついていた。

何とか秀吉の策を封じようと、お市に和解を勧める書状を送り、信雄には織田家の当主として安土城に入るようにうながした。

そうして徳川家の総力をあげて織田家を支えるつもりだったが、秀吉はそれをあざわらうように家康を信州《しんしゅう》に引きつけ、勝家と信孝をこれ見よがしに滅ぼした。しかも北ノ庄城を攻め落とし、お市まで自害させたのである。

(何という愚か者だ。このわしは)

家康は知略において秀吉に遠く及ばないことを痛感した。

こんなにやる瀬ない屈辱と、胸が張り裂けそうな後悔にさいなまれるのは、桶狭間の戦いに敗《やぶ》れた時以来だった。

夕方になって越前からの使者が来た。

昨年末にお市からの進物を届けた浅井《あざい》継之介《つぎのすけ》が、傷を負った額に白布を巻いた姿で中庭に平伏していた。

「手負ったようだが、大事ないか」

継之介の姿を見ただけで、家康には何があったか察しがついた。

「幸い出血は止まりました。お心遣い、かたじけのうございます」

「お市どのは自害されたと聞いたが」

「秀吉はお市の方さまと姫さま方を助命するので、城から出すように申し入れて参りました」

だがお市はこれを拒否し、娘のお茶々《ちゃちゃ》、お初《はつ》、お江《ごう》だけを城から出して、勝家と運命を共にする道を選んだのである。

ここで情にすがったなら、秀吉は側室になれと迫るにちがいない。それくらいなら命を絶つと言ったという。

「お市の方さまは姫さま方を城外に出す時、それがしに三河守さまへの書状を届けよとお申し付けになりました」

継之介は三人の供にまぎれて城を出ると、隙を見て一行から抜け出した。

これに気付いた秀吉の家来から追撃されたが、傷を負いながらも切り抜けてきたのである。

「これがお市の方さまの書状でございます」

継之介は小袖の襟に忍ばせていた縦長の書状を取り出した。

いく筋かの黒髪を包んだ紙に、一首の歌が記してあった。

我が涙かかれとてしも黒髪の
　ながくや人にみだれそめにし

この歌の出典を家康は知らない。だが前に送ってくれた「しのぶもぢずり」の歌とつながっていることはよく分かった。

私の涙が黒髪にかかります。長くあなたに思い乱れる恋を始めて、こんな有り様になるつもりはなかったのに。

歌の意味はそんな風である。

お市がこの歌を送ったのは、その黒髪はもう断ち切られたと告げるためだった。

「お市どのの最期のご様子は、いかがであった」

家康はお市の髪を指の腹でなぞってみた。

「晴れ晴れとしておられました。小谷《おだに》城で死すべき身であったが、生き延びたおかげで思いがけない幸せを知ったとおおせでございました。生まれ替わることができたなら、お側に仕えさせていただきたいと」

「さようか」

あの気丈なお市がそんなことを言ったのかと、家康の胸に哀しみの熱いかたまりが突き上げてきた。

「それではお暇《いとま》させていただきます」

前に来た時と同じように、継之介は草鞋《わらじ》も脱がずに立ち去ろうとした。

「待て、どこへ行く」

「お市の方さまの元へ参ります」

「それはならぬ。生き抜いてわしに仕えよ」

「お許し下されませ。亡き主《あるじ》、浅井長政《あざいながまさ》がお市の方さまを守れと命じました。それを果たせませんでしたので」

責任をとって腹を切るつもりなのである。

「まだじゃ。まだ果《せ》たすべき役目はある」

家康は何かに急かされ、裸足のまま中庭に飛び下りた。

「この遺髪と歌はそちに預ける。それゆえわしに仕え、姫さま方の行く末を見届けてくれ」

「行く末……、でございますか」

「そうじゃ。三人ともまだ若い。これから生きていく上で、支えになる者が必要であろう」

「それがしは主君も所領も失いました。とてもそのような力はございません」

「そちだからこそ、長政どのとお市どのに仕えたそちだからこそできるのじゃ。所領と地位はわしが何とかする。いつか姫さま方が大人になられた時、お二方のことを語りきかせてやってくれ」

家康は継之介の手を取り、お市の遺髪と書状を押し付けた。

「三河守さまが、どうしてそこまで」

「姫さま方は信長公の姪に当たられる。大恩をこうむったわしが、三人を支えるのは当然であろう」

「承知いたしました。身に余るお言葉、かたじけのうございます」

継之介は家康の手を押しいただき、体を震わせながら御意に従うと誓った。

翌朝、家康は一万余の軍勢をひきいて甲府を発《た》った。

勝家と信孝が亡びたことで、天下の情勢は大きく変わった。それに対応するために上杉景勝が兵を引いたので、家康も自由を得たのだった。

五月九日、浜松城にもどった家康は、重臣たちを集めて甲府出陣の労をねぎらい、今後の方針を申し合わせた。

「皆さま、ご覧下されませ」

進行役の松平康忠《まつだいらやすただ》が、用意していた絵図を広げた。

天下の情勢を記した図で、勝家・信孝を亡ぼした秀吉の勢力は、畿内の大半と北陸、美濃にまで及んでいた。

西国を領する毛利輝元は、今や完全に秀吉に牛耳られているので、実質的な勢力圏は西国全域に及ぶ。

これに対して家康は三河《みかわ》、遠江《とおとうみ》、駿河《するが》、甲斐、信州の五ヶ国を領するばかりである。

秀吉と対抗するには、織田信雄や北条氏政《うじまさ》との結束を強めるしかなかった。

「秀吉どのは信孝さまや勝家どのを亡ぼすために、信雄さまを織田家の当主にすることを大義名分となされた」

合戦に至るまでに秀吉と水面下での争いがあったことを、家康は皆に明かした。

「わしは信雄さまと意を通じ、何とか戦になるのを避けようとした。ところが結果は皆も知っての通りだ。秀吉どのは巧妙な策を用い、思い通りに事を推し進められた。そのため我らも、秀吉どのに同意するしかなくなったが、信雄さまが織田家の当主となられたからには挽回《ばんかい》する手立てはある」

「ご無礼ながら、それは秀吉どのと雌雄を決するということでござろうか」

石川数正《いしかわかずまさ》が心外そうにたずねた。

「そちが言った通り、秀吉どのが信雄さまを押し立てて織田家を守ってくださるなら問題はない。だが天下を狙って織田家を切り崩そうとしておられるなら、これを許すわけにはいくまい」

「おおせの通りと存じます」

「それゆえ我らは、どのような事態になっても対応できるようにしておかねばならぬ。そのためにはさし当たり三つの事が必要となる」

一つは領内を豊かにし、兵役や兵糧供出の負担に耐えられるようにすること。

一つは各々の蓄えを用いて、鉄砲や弾薬、鎧《よろい》、馬などの装備を充実させておくこと。

一つは将兵の戦闘力を高めるために、訓練をおこたらないこと。

「幸い我らは、強屈をもって知られた武田家の遺臣たちを配下に組み込むことができた。甲斐には平岩親吉や鳥居元忠、井伊直政が残り、武田の軍団を新しく編成し直している」

「さようでござる。我らも奥平どのと力を合わせて、伊那《いな》衆の陣立てをしているところでござる」

その成果をやがてお目にかけようと、酒井《さかい》忠次《ただつぐ》が胸を張った。

甲斐の争乱で三倍以上の北条勢に勝ったことが、徳川家の将兵たちの自信を揺るぎないものにしていた。

五月十三日は大雨になった。

酉《とり》の刻（午後六時）から翌日の寅《とら》の刻（午前四時）まで間断なく降りつづき、天《てん》竜《りゅう》川や馬込《まごめ》川などが氾濫し、田植えを終えたばかりの田が水びたしになった。

深溝《ふこうず》にいる松平家忠《いえただ》は、五月十四日の日記（『家忠日記』）に次のように記している。

〈雨降、所々大水出で候。田地損じ候。浜松へ人をつかわし候〉

様子をうかがいに浜松に使者をつかわすほど被害は大きかったのである。

家康は浜松城の天守閣に登り、一面水びたしになった平野をながめていた。

これで今年の収穫はかなり落ちる。年貢も軽くせざるを得なくなる。兵糧と軍資金をどうやって調達するか、頭の痛い問題だった。

雨は十六日の夜も降り、十八日になってようやく水が引いた。苗は何とか持ちこたえていたが、田に砂利がたまっている。それを取り除こうと、家臣と領民がくり出していた。

それでも被害はまぬかれまい。家康がそう思いながら作業の様子をながめていると、石川数正が訪ねてきた。

「殿、筑前守《ちくぜんのかみ》どのから使者が参りました」

数正は誇らしげに秀吉からの書状を差し出した。

数正に宛《あ》てたもので、来月二日に京都の大徳寺《だいとくじ》で信長の一周忌法要を行うので、三河守どのにもご参列いただくよう、お取り計らいいただきたいと記されていた。

「そうか。もう一年か」

家康は改めて時の流れの早さを思い知った。

本能寺の変から一年。

目まぐるしく変わる状況に対応するのに手一杯で、落ち着いて物を考える余裕もなかったのである。

「しかし、秀吉どのから案内が来るとは妙だな。織田家の当主となられた信雄さまが法要を営まれるのが筋であろう」

「法要は昨年の葬儀で喪主をつとめられた筑前守どのにお願いしたいと、大徳寺から申し入れがあったそうでござる。筑前守どのは再三辞退されたものの、御寺の意志が固いので引き受けることになされたのでございます」

ところが信雄はこの措置に不満で、法要への参列を拒んでいる。

秀吉は何とか了解を得ようと話し合いをつづけているが、日にちもさし迫っているので、とりあえず参列を呼びかける書状を送ることにしたという。

「話し合いだと」

「筑前守どのは美濃と伊勢を信雄さまに進呈することになされたそうでございます」

「それもおかしな話であろう。織田家の主君は信雄さまだぞ」

「その通りでござるが、信孝さまと柴田どの、滝川どのを倒したのは筑前守どのでございます。美濃と伊勢は筑前守どのが拝領すると重臣会議で決まっておりましたが、信雄さまに譲ることになされました」

「またしても、重臣会議か」

家康には秀吉の手の内が透けて見えた。

美濃と伊勢を与えて施主の座をゆずらせ、事が終わった後で施主もつとめられない者に織田家の後継者たる資格はないと言い立てるつもりなのである。

信雄がそれを察して施主をつとめたいと言い張っても、大徳寺が施主は葬儀の喪主だった方につとめていただきたいと願っていると言って絶対に応じない。

交渉が難航した末に信雄が法要への参列を拒んだなら、まさに秀吉の思う壺である。信長への敬意がない親不孝者だと言い立て、安土城から追い出しにかかるだろう。

美濃と伊勢をもらったばかりに、信雄はどうあがいても逃れられない蟻《あり》地獄に落とされたのだった。

「法要への参列は、いかがなされますか」

数正が決断を迫った。

「そちはどう思う」

「信雄さまが施主となられないなら、殿がご参列されることはあるまいと存じます」

「うむ、それで」

「それがしが名代をつとめたいと存じまするが、いかがでござろうか」

数正は初めからそのつもりでいたようだった。

「秀吉どのは信雄さまを盛り立てられると、そちは申しておったな」

「さようでござる」

「どうやらそうでもなさそうじゃ。もし秀吉どのが信雄さまを廃して天下を取ろうとなされたなら、そちはどうする」

「申すまでもございません。殿のお申し付けに従って動きます」

「その言葉を肝に銘じていてくれ。この先三河を任せられるのは、石川伯耆守《ほうきのかみ》数正しかおらぬ」

家康は一抹の不安を覚えながらも、数正を秀吉のもとへつかわすことにした。

その際、秀吉に申し入れたことが三つある。

ひとつは東西から信雄を支え、織田家の安泰を図ること。ひとつは近衛前久が帰洛を望んでいるので、朝廷に執り成すように尽力してもらいたいこと。

そしてもうひとつは、上杉景勝が信濃北部に侵攻しようとしているので、織田家の総意として制止してもらいたいこと。

そう記した書状に法要の香華料千両（約八千万円）を添えて数正に託したのだった。

六月二日、信長の一周忌の法要が京都の大徳寺で行われた。

施主は秀吉がつとめ、信長の位牌所《いはいじょ》として山内に建立した総見院《そうけんいん》に、七条大仏師宮内卿法印康清《こうせい》に作らせた信長の座像を安置した。

束帯を着て肩をいからせた信長の等身大の座像の前に、秀吉は諸大名をひきいてぬかずき、天下統一の志を受け継ぐことを誓ったのである。

施主となることを封じられた信雄は、結局、法要に参列しなかった。

秀吉が取り仕切る法要に唯々諾々と加わったなら、風下に立ったと公に認めることになる。

それだけは何としても避けたいと思ったからだが、秀吉はさらに狡猾《こうかつ》な策を弄して信雄を追い詰めにかかった。

実はこの年の二月、秀吉は安土城内に信長の太刀《たち》や烏帽子《えぼし》、直垂《ひたたれ》などの遺品を埋葬して本廟なるものを作っていた。

この本廟前でも法要を行い、安土城主となっていた信雄に参列を求めたのである。

これも施主は秀吉がつとめるのだから、大徳寺の法要に参列しなかった信雄としては顔を出す訳にはいかない。そんなことをすれば、勅願寺である大徳寺を軽んじているという批判を招くからだ。

そこで口実をもうけて欠席したが、これはまんまと策にはまったも同じだった。秀吉はたび重なる親不孝に激怒して（したふりをして）、信雄を安土城から追い出した。

そのために信雄は織田家の後継者の座を追われ、尾張、美濃、伊勢を領する大名の一人に格下げされたのだった。

その知らせが届いてから十日ほどして、信雄の老臣飯田半兵衛が弱りはてた顔をして浜松城に訪ねてきた。

「三河守さまがおおせられた通りでございました」

飯田半兵衛は信雄のもとで重臣会議を開けなかったことを悔やんだ。

「そうしておれば、羽柴どのにいいように引きずり回されることはなかったのでござる」

「失礼ながら、信雄さまは脇が甘すぎるのじゃ」

「それはどのような意味でございましょうか」

「秀吉どのから美濃と伊勢を進呈すると申し出られた時、信孝さま亡き後のことは安土城で重臣会議を開いて決めると言い張れば良かったのだ」

「そ、それは……」

半兵衛は白髪混じりの頭をなでて恐れ入った。

「それをうかうかと受け取ったために、秀吉どのが仲間内で決められたことを認めざるを得なくなった。それでは何を言われても反論することはできまい」

「まことに……、おおせの通りかと」

「そんなことも分からず策に乗せられるとは、どうしたことじゃ。岡田長門守重善どのとも思えぬ不覚ではないか」

半兵衛の茫洋《ぼうよう》とした顔を見ていると、家康はだんだん腹が立ってきた。

こんな老臣にかしずかれているから、信雄の優柔不断が治らないのだと言いたかった。

「その長門守さまでございますが」

半兵衛が言いにくそうに口ごもった。

「外には秘しておりますが、実は三月二十六日に他界なされたのでございます」

「亡くなられただと」

「行年五十七だったそうでございます」

「どうなされたのじゃ。一月にお目にかかった時は元気そうであったが」

「急死なされたのでございます。知らせを受けて、信雄さまもたいそうお力を落とされておりました」

「死因は何じゃ」

「星崎城でのことゆえ詳しいことは分かりませんが、嫡男重孝《しげたか》どのは中風《ちゅうぶ》（脳出血）であったとおおせでございます」

「信じられぬ。あの長門守どのが」

こんな大事な時に命を落とすとは、何者かに暗殺されたのではないか。そんな疑いが脳裡《のうり》をよぎったが、うかつに口にできることではなかった。

「長門守どのさえおられたなら、羽柴どのにしてやられることはなかったと、信雄さまも無念を抑えかねておられます」

「して、ご用のおもむきは」

「このままでは羽柴どのに天下を奪われかねぬゆえ、三河守さまにお力を貸していただきたいのでございます」

本来なら信雄が書面でお願いするべきだが、他に漏れるおそれがあるので半兵衛に口頭で伝えさせることにしたという。

「他に漏れるとは、家中に秀吉どのの密偵がいるということか」

「そのおそれ無きにしもあらずでございます」

「信雄さまは、この先何をお望みかな」

「むろん織田家の当主として、亡き父上のご遺志を継ぐことでございます」

「ならば秀吉どのと雌雄を決することになろう。その覚悟があられようか」

「今度のことで、羽柴どのが織田家から天下を奪おうとしておられることが明らかになりました。信孝さまやお市の方さま、それに信孝さまの母上と姫さまを殺され、黙って引き下がるわけにはいかぬとおおせでございます」

「その覚悟が本物なら、それがしは織田家を守るために体を張って尽力いたす」

家康が慎重に条件をつけたのは、信雄の性格の弱さを危惧《きぐ》しているからだった。

「かたじけのうございます。ならばさっそくお知恵を拝借したいのですが、よろしゅうございますか」

「何かな」

「信雄さまは尾張に加えて濃伊二州を領する身となられ、どこを本拠地とするべきか迷っておられます。清洲城のままか、ゆかりの深い岐阜城か、それとも新たに城をきずくか」

それを決めてもらいたいと半兵衛が迫った。

こんな大事なことを相談するのは、何事も家康の指図に従うと決めたからだ。そう言いたげだった。

「確かに清洲では手狭だし、岐阜城は籠城《ろうじょう》戦に弱い。さりとて新しい城をきずくとなれば手間も費用もかかるであろう」

「まことに、さようでございます」

「ならば滝川一益どのの居城であった伊勢長島城に移られたらいかがかな」

城がある木曽《きそ》川河口の中洲《なかす》は、かつて一向一揆が拠点とし、紀州《きしゅう》雑賀の一向宗徒から弾薬を買い入れていた。

そして太平洋の海運を使って武田や北条に売りさばいていたのである。

その地に移れば、浜松にいる家康とも海の道でつながることができるのだった。

第六章

家康圧勝

小牧・長久手の戦い

北条氏直《ほうじょううじなお》への督《とく》姫の輿入れは、七月二十日に行われることになった。

家康《いえやす》は出発の前日、重臣たちを浜松《はままつ》城に参集させて祝宴を開くことにした。

〈此二十日に家康御娘相州氏直へ御祝言候間、十九日に浜松へ越候への由、中来り候〉

松平家忠《まつだいらいえただ》は七月十一日の日記（『家忠日記』）にそう記している。

十九日は朝から小雨が降るあいにくの天気だった。

家康は西の空をぶ厚くおおう鉛色の雲をながめながら、何とか天気が回復するように心の中で祈っていた。

「殿、ご親族の皆さまがおそろいです」

近習頭《きんじゅがしら》の松平康忠《やすただ》が迎えに来た。

広間に行くと花嫁姿の督姫と母親の西郡《にしごおり》の方《かた》が下座に控えていた。

両側には親族一同が居流れている。

その中には亀《かめ》姫と奥平信昌《おくだいらのぶまさ》の一家、於大《おだい》の妹碓井《うすい》の方と酒井忠次《さかいただつぐ》の一家の姿もあった。

家康が上座に着くと、綿帽子をかぶって白無垢《しろむく》の衣をまとった督姫が、西郡の方に手を取られて御前に進んだ。

「父上さま、長い間育《はぐく》んでいただき、ありがとうございます。督は明日、北条さまのもとに嫁ぎます」

三つ指をついて挨拶した。

化粧をした顔は見知らぬ女のように美しい。嫁ぐ覚悟が所作にも表れていて、かえって不憫《ふびん》なほどだった。

「立派になった。わしも父親として鼻が高い。北条家に入ったなら皆さま方の意見をよく聞き、可愛がられるようにせよ」

「そのようにいたします。父上さまもお体を大切になさって下されませ」

「分かっておる。今年は本厄ゆえ気を付けよう」

家康は祝いの盃《さかずき》を督姫に取らせた。

督姫の次は西郡の方が受け、その盃が列席した全員に回された。

そして盃がひと回りすると料理を替える。これを三度くり返すのが正式の作法だった。

「お督、北条家に入っても決して引け目を感じることはありませんよ。あなたは五ヶ国の太守《たいしゅ》である徳川三河守《とくがわみかわのかみ》の娘なのですから」

於大が酒に顔を赤らめて激励した。

早雲《そううん》以来の名家である北条家と、三河の国衆《くにしゅう》だった徳川家では格がちがう。於大はいまだにそんな見方に縛られていて、督姫が肩身の狭い思いをするのではないかと案じていたのだった。

正午ちかくになって、重臣たちが祝いの品を持って次々とやってきた。

家康は康忠から着到の報告を受けただけで、誰にも会おうとしなかった。

娘を嫁がせるのは二度目である。

亀姫の時には奥平信昌を見込んでいたので何の心配もしていなかったが、氏直はいかにも頼りない。あれでは督姫を守り抜くこともできないのではないかと行く末が案じられ、重臣たちの祝いを受ける気になれないのだった。

「殿、石川家成《いしかわいえなり》どのが御意を得たいとおおせでございます」

康忠が告げた。

「何の用だ」

「近衛太閤《このえたいこう》さまが、祝宴に出たいとお望みだそうでございます」

「太閤さまが、来ておられるのか」

「二の丸御殿の前に、牛車を止めておられるようでございます」

家康はすぐに二の丸まで出た。

祝宴は二の丸御殿で行われる。その玄関先に石川家成が立ち、降りしきる雨の中に網代車《あじろぐるま》が止まっていた。

「家成、これはどうしたことだ」

「先ほど太閤さまからお呼びがかかり、祝いに参じたいので案内せよとのおおせでございました」

家康に許可を得る時間がなかったので、ともかく案内した。家成がそう言った。

「さようか。大儀であった」

家康は朱色の大傘をかかげ、近衛前久《さきひさ》を迎えることにした。

「三河守、急にすまんな」

車の前簾《まえすだれ》を開けて出てきた前久は、衣冠束帯の正装をしていた。

五摂家《ごせっけ》筆頭の近衛家の当主で、関白や太政《だじょう》大臣を歴任した朝廷一の実力者である。

歌道や書道、有職故実ばかりか鷹《たか》狩《が》りにまで精通している。

前久が下り立っただけでその場の雰囲気が一変するほど、威厳と気品をそなえていた。

「娘の婚礼の祝いにお越しいただけるとは、恐れ多いことでございます」

「三河守には世話になっとるさかいな。迷惑でなければ祝いの謡《うたい》でも披露させてもらいたい」

「迷惑などとは毛頭思うておりません。どうぞ、奥に」

家康は大広間の隣の上段の間に前久を案内した。

「帰洛《きらく》のことを筑前守《ちくぜんのかみ》に頼んでくれたそうやな」

「石川数正《かずまさ》をつかわし、事情を伝えました」

「わしの疑いも晴れたさかい、早く帰洛するようにと筑前守が伝えてきた。三河守のお陰や」

「お役に立てて何よりでございます」

家康は前久の言葉を受け流した。

本能寺《ほんのうじ》の変の真相を突き止めることより、秀吉《ひでよし》と対抗するために前久との関係を強化する道を選んだのである。

「徳川と北条が縁組みするとはめでたいことや。これで両家の版図は十ヶ国におよぶ。その力で朝廷を支えてくれ」

「ご帰洛はいつ頃とお考えですか」

「十月頃と考えとるが、畿内《きない》の情勢もよう分からんさかいな。今は様子を見とるとこや」

「その折には尾張《おわり》までなりともお供をさせていただきます。お申し付け下されませ」

「すまんな。さすがに三河守は律儀者や」

前久のもてなしは家成に任せ、家康は本丸御殿にもどった。

祝宴は未《ひつじ》の刻（午後二時）からと決めている。

その直前になって、北条美濃守氏規《みののかみうじのり》が五人の供を連れてたずねてきた。

大名同士の縁組みの場合、花嫁の引き渡しは互いの国境《くにざかい》で行うのが常である。ところが氏規は家康に会うために、身をひそめてやって来たのだった。

「三河守どの、お久しゅうござる」

氏規は家康より三歳下で、家康が駿府《すんぷ》で今川《いまがわ》家の人質になっていた頃からの知り合いである。

そうした縁もあって、北条家と徳川家の和睦《わぼく》の仲介役をつとめ、氏直と督姫の縁組みを決めたのだった。

「これは美濃守どの、お出でいただくとは思いもよりませんでした」

「国境で待つのが礼儀とは分かっておりますが、空模様を見ていて急に落ち着かなくなりましてな。迎えの使者としてではなく、三河守どのの旧《ふる》い友垣として推参させていただきました」

「それは有り難い。これから督姫の婚礼の祝いをいたすゆえ、ご出席いただけませぬか」

「お言葉は嬉しゅうござるが、仕来りに反することをしては我が殿からお叱りを受けますので」

氏規は氏政《うじまさ》の弟、氏直の叔父《おじ》に当たる。

軽々しい振る舞いができない立場だった。

「ならば幼馴染《おさななじ》みの友として出席して下され。重臣たちに引き合わせるいい機会でござる」

「お気持ちは有り難いが、ご配下の諸将の中には当家との戦《いくさ》で親族や家臣を亡くされた方もおられましょう」

祝いの席でそうしたことを思い出させては迷惑になると、氏規は応じようとしなかった。

「それはお互いさまでござる。しかしこうして縁組みしたからには、身方《みかた》として力を合わせていかなければなりません」

それに今日はやんごとなき方にも出席いただいていると、家康は謎をかけた。

「やんごとなき方と、おおせられると」

「前の太政大臣、近衛前久公でござる」

「ま、まことでござるか」

「さよう。故あって昨年より当家に身を寄せておられる」

家康は無意識に己を誇る気持ちになっている。

天皇や朝廷への尊崇の念は、自分でも気付かないほど根深いところからわき上がってくるのだった。

「ならば掌《てのひら》を返すようで面目ございませぬが、是非ともご拝顔の栄に浴させていただきたい。近衛家とのつながりができれば、帝や朝廷との折衝にもお力添えをいただけるかもしれません」

氏規の目の色が変わっていた。

実は前久は上杉謙信《うえすぎけんしん》（当時は長尾景虎《ながおかげとら》）に同行して小田原《おだわら》城を攻めたことがある。

永禄《えいろく》四年（一五六一）三月のことで、現職の関白が参陣していると知った関東の諸将は我先にと上杉方に参じ、その数は十万をこえた。

ところが北条氏康《うじやす》、氏政父子が小田原城に立て籠《たこ》もって上杉軍を寄せつけなかったために、謙信は鎌倉《かまくら》の鶴岡八幡宮《つるがおかはちまんぐう》で関東管領《かんとうかんれい》就任式を行い、関東の正統な統治者は自分であることを天下に示した。

この就任式には前久が立ち会ったので、儀式はより威厳と正統性のあるものと見なされたのである。

以来二十二年、北条家はいまだにこの呪縛から抜け出せずにいた。

上杉家の関東管領職が公認されている限り、北条家の関東支配の大義名分は立たないからだ。

室町幕府が有名無実と化した今、大義名分を与える権威は朝廷に求めるしかない。

それゆえ朝廷と交渉してこの問題を解決するのが、北条家の悲願だったのである。

祝宴は予定通り未の刻から始まった。

ところが雨は本降りとなり、御殿の屋根や庇《ひさし》を叩く音が部屋に聞こえてくる。

「馬込《まごめ》川も天竜《てんりゅう》川も増水しているようでございます。祝宴は早めにお開きとされた方が良かろうと存じます」

康忠が大広間に入ろうとする家康に耳打ちした。

「うむ、様子を見て声をかけてくれ」

大広間は上段、中段、下段になっている。上段には衣冠束帯姿の前久が、帝の名代と言わんばかりの様子で座っている。

中段には家康と氏規が向き合って席につき、下段に酒井忠次、鳥居《とりい》元忠《もとただ》、本多《ほんだ》正信《まさのぶ》、石川数正などの重臣三十人ばかりが左右に分かれて居流れていた。

やがて花嫁姿の督姫と付き添いの西郡の方が下段の入口に座った。

「本日は娘の祝いに集まっていただきかたじけない。あいにくの天気であるが、そうした憂いを吹き飛ばしてくれる方々にご出席いただだいた」

家康はそう言って前久と氏規を紹介した。

やがて督姫が末席についたまま、型通りの挨拶をした。大勢の前でも物怖《ものお》じしない立派な態度だった。

次に前久が祝いの言葉をのべ、約束通り祝言の謡を披露した。

謡曲「高砂」の一節である。

〽四海波静《しかいなみ》かにて
　国も治まる時つ風
　枝を鳴らさぬ御代《みよ》なれや

前久の声も調子も素晴らしい。

家康は天下一といわれる地謡の名人の歌を安土《あづち》城で聞いたことがあるが、それよりはるかに表現力と気品がある。

中臣鎌足《なかとみのかまたり》以来千年以上もの間、朝権ばかりか文化や芸能をになってきた藤原《ふじわら》家に生まれた者のみに伝わった、特殊な才能かもしれなかった。

家康は腹の底からわき上がる感動に打ち震えながら、信長《のぶなが》はこの力に負けたのだと思った。

こんな風に呪術的に魂を震わせる力を、平清盛《たいらのきよもり》も足利義満《あしかがよしみつ》もそして信長も持てなかったのである。

〽事も疎《おろ》かやかかる代《よ》に
住める民とて豊かなる
君の恵みぞありがたき
君の恵みぞありがたき

前久が謡い終えると、大広間はしばらく余韻に包まれていた。

「四海波」は祝言の場でよく謡われる曲で、誰もが一度や二度は耳にしたことがある。その真髄はこんなに奥深いのかと、居並ぶ重臣たちは感動に言葉を忘れていた。

「近衛太閤さま、まことにかたじけのうございます。それがしにとっても娘にとっても、これほどの誉《ほま》れはございません」

家康は上段に向かって深々と頭を下げ、氏規に挨拶をするようにうながした。

氏規も前久に低頭してから下段の間に向き直った。

「北条美濃守氏規でござる。本日はかように目出たい席に参列させていただき、まことにありがとうございる。三河守どのとは子供の時分に駿府にいた頃から見知った仲でござる。このたびそれがしの甥《おい》と督姫さまの縁組みが決まり、嬉しくてなりません。これから天下は大きく動き、難しいことも多いと存ずるが、両家が力を合わせて領地領民の安泰を図っていきたいと願っております。今後とも、何とぞよろしくお願い申し上げます」

氏規は誠実な人柄そのままの挨拶をし、家康に向かって頭を下げた。

やがて盃事になった。

前久が口をつけた盃を家康、氏規の順で受け、重臣たちがかしこまって受け継いだ。それが一巡する頃には雨足がますます激しくなり、帰宅も危ぶまれるほどになった。

「ご覧の天気でござる。祝宴の途中で心残りは多ござるが、これより太閤さまにお発《た》ちいただきます」

家康は家成に龍禅寺《りゅうぜんじ》まで送らせることにした。

「さよか。身共《みども》も残念やけど仕方ないな」

前久が退出すると、氏規と重臣たちも急ぎ足で出て行った。

心配なのは川が増水して渡れなくなることである。まだ帰れる者は所領にもどり、無理な者は城下の屋敷に泊まることにした。

夕方から雨はますます激しくなり、車軸を流すほどになった。半刻（約一時間）ほど猛烈に降るとしばらく小雨になり、再びどしゃ降りになる。

それを夜半までくり返し、馬込川も天竜川も氾濫してまわりの田畑を一面の泥沼に変えた。

このため二十日に予定していた督姫の出発は延期せざるを得なくなったのだった。

実に五十年ぶりと言われる大雨で、二十日の朝には浜松城の南の平野は水びたしになり、海が城の際まで迫っているように見えた。

〈廿日、大雨降、五十年巳来大水に候。御祝言も延候〉（『家忠日記』）

五月の洪水以来二度目の災難で、秋の収穫が危ぶまれるが、落ち込んでいても仕方がない。

家康は富士見櫓《ふじみやぐら》に酒井忠次、鳥居元忠、本多正信、石川家成を集め、「観水茶話」と名付けた茶会を開いた。

三階の茶室に入ると、家康は老臣四人と城下の様子をながめた。あたり一面水びたしで、馬込川も東海道もどこにあるか分からない。城に近いところは大丈夫だが、東海道ぞいの民家は床上まで水につかっているようだった。

「馬込川の堤を、もう一間《けん》（約一・八メートル）ほど高くしなければなりませんな」

忠次は領民の苦難に眉をひそめた。

「五十年に一度の災難でござる。備えがなかったのも致し方ござるまい」

元忠がやる瀬なさそうにつぶやいた。

「五十年前といえば、それがしが生まれた年でござる。天文《てんぶん》三年（一五三四）になり申す」

家成が律儀に年号まで披露した。

「家成は信長公と同じ歳《とし》であったな。人間五十年、下天の内をくらぶれば、夢幻の如くなり、ということだ」

家康は信長が好んだ謡曲をそらんじ、五十年ぶりの大雨は信長が降らせたのかもしれないと思った。

「それにしても昨日の太閤の謡は見事でございましたな。人を罠《わな》にはめるには、あそこまで芸がいるということでござる」

正信は例によって辛辣《しんらつ》だった。

点前《てまえ》をつとめる松平康忠が濃茶《こいちゃ》を点《た》て、四人で回し飲んで一座建立の誓いをした。

茶室においては身分も立場も関係ない。皆が平等になって素の人間として向き合い、互いへの敬意をもって配慮をつくす。

こうした場を意図的に作ることによって、日頃は見失っている互いの本質も見え、新たな知恵も浮かぶのだった。

「皆に伝えておかねばならぬことがある。わしは秀吉どのと雌雄を決することにした」

康忠が井戸《いど》茶碗《ぢやわん》と袱紗《ふくさ》を下げるのを待って、家康は決意のほどを口にした。

やはりそのことか。四人がそう言いたげな顔を向けた。

「雌雄を決するとは、合戦に及ぶということでござろうか」

忠次が家康の真意を確かめようと念を押した。

「むろん、その通りじゃ」

「戦って、何を成し遂げるつもりでございますか」

「秀吉どのは織田《おだ》家を潰して天下を乗っ取ろうとしておる。今ここで止めなければ、織田家の次に潰されるのは我らだ」

「ご無礼ながら、何をもって勝ちとなされるのでござろうか」

軍略家である元忠は、きわめて現実的なことをたずねた。

目標が明確でなければ、どれほどの軍勢を動員するかも決まらない。軍勢をどこにどれだけの期間出陣させるかで、背後の補給態勢が大きく変わってくる。

それに戦費調達のために、領民への負担をどれほど強化するかという問題もあった。

「第一の目的は秀吉どのの横暴を阻止すること。第二は信雄《のぶかつ》さまを後継者に復し、安土城にお戻りいただくことだ」

「そのためには、どこでどのような戦をなされるつもりでござろうか」

「我らが信雄さまと結んで兵を挙げれば、秀吉どのは近江《おうみ》や大和《やまと》から美濃《みの》や伊勢《いせ》に攻め込んで来よう。我らは木曽《きそ》川の東に布陣してこれを防ぐ」

そうすれば秀吉勢とて容易には川を渡れない。その間に秀吉と反目している勢力に手を回し、背後の混乱をあおる。

こうして秀吉を窮地に追い込み、こちらの要求を飲ませて和議を結ぶ。家康はそう考えていた。

「殿の思惑通りになったとして、当家の取り分はどうなりましょうか」

「新たな所領を得ることはできぬかもしれぬ。しかし信雄さまを押し立てて織田幕府をきずけば、我らは天下への発言力を強めることができる」

「それで将兵たちが納得しましょうか」

元忠が喰い下がった。

「いっそ殿が、天下人を目ざされたらどうでしょうか」

正信が事もなげに言った。

元忠や忠次は冗談だと思って苦笑したが、正信は本気だった。

「それがしは以前、殿を天下人にするためにもどって来たと申しました。殿のお力でこの国を浄土に変える。欣求浄土《ごんぐじょうど》の思いは今も変わっておりませぬ」

「しかし弥八郎《やはちろう》、我らにそうするだけの力はあるまい」

忠次が帰り新参の放言をいましめた。

「今はその力がなくても、そうした志を持って動けば道は開けましょう。それに信雄さまに天下人の器量はないものと存じます」

「開けるか。道が」

家康は正信の考えを聞いてみたくなった。

「信長公も足利義昭《よしあき》公を奉じて上洛し、天下人への足がかりをつかまれました。殿も羽柴《はしば》秀吉を打ち破り、信雄さまを奉じて上洛なされば良いのでござる」

「しかし、そうはいくまい」

黙って聞いていた家成が、重々しく口を開いた。

「今や羽柴どのは畿内と西国の大半を身方にしておられる。これを打ち破って上洛するのは容易ではあるまい」

「おおせの通りでございますが、秀吉が台頭してわずか一年にしかなりません。結束を突き崩す手立てはいくつもあります」

「どんな手立てじゃ」

「秀吉の大返《おおがえ》しを成功させたのは、黒田官兵衛《くろだかんべえ》らクリスタン勢力です。しかし朝廷はキリスト教を認めておりませんし、羽柴勢の中にもクリスタンを嫌っている者がいます。そこに楔《くさび》を打ち込めば、分断させることができましょう」

「なるほど、道理じゃ」

「それに秀吉の最大の身方は毛利《もうり》家ですが、これは石見《いわみ》銀山の領有をおびやかされて従っているにすぎません。朝廷を身方につけて石見銀山の領有権を保証してやれば、秀吉と毛利を切り離すことができます」

　正信の戦略眼は家康主従の視野の外側まで届いていた。

「秀吉どのを打ち破って上洛するとすれば、長期の戦を覚悟せねばなるまい。それに備える手立てはあるか」

　家康はもっと話を聞きたくなった。

「それは殿がお考えになることでございましょう」

　正信は素っ気なく突き放した。

「わしにはわしなりの考えがある。しかしそちが言ったような考え方をしたことはなかったゆえ、手立ても教えてくれと申しておる」
「ならばこの場で考えて下され。それがしが問者《もんじゃ》になりますゆえ、竪義者《りゅうぎしゃ》になって
お答えいただきたい」
「良かろう。皆もそれで良いな」
家康は他の三人の了解を得て、正信と仏法で行う竪義のような問答に入った。
「問題は秀吉にいかに勝つかでございます。それがしが秀吉の強みを述べますので、
それについての対抗策を示していただきたい」
第一問は、朝廷の弱みを握って意のままにしている秀吉にどう対抗するかだった。
「方策は二つある。ひとつは近衛前久公の朝廷への復帰を支援し、秀吉どのに対抗
できる態勢をきずいてもらうこと。いまひとつは、秀吉どのに弱みを握られておら
れる方に身を引いていただくことだ」
家康は名を出すことをはばかったが、それは誠仁《さねひと》親王のことだった。
「第二問、秀吉はイエズス会やスペインと通じ、南蛮《なんばん》貿易を支配して弾薬の補給態
勢をととのえており申す。これへの備えはいかに」
「紀州《きしゅう》の一向宗徒を支援し、彼らの水軍を用いて弾薬を買いつけることだ」

「その手立てや、いかに」

「雑賀《さいか》の一向一揆や根来《ねごろ》の鉄砲衆、薩摩《さつま》の島津《しまづ》、土佐《とさ》の長宗我部《ちょうそかべ》を身方につける。さすれば黒潮の道を確保できよう」

「一向一揆を身方にするとは、領内ばかりでなく本願寺《ほんがんじ》とも和解するということでしょうか」

「いかにも。今や本願寺を敵とする謂《いわ》れなし」

「秀吉は石見銀山、生野《いくの》銀山を押さえ、これを南蛮貿易に投じて莫大《ばくだい》な利益を得ており申す。これへの対応や、いかに」

「ひとつは甲州《こうしゅう》の金を増産し、西国の商人に託して南蛮貿易に参入すること。ひとつはスペインと敵対している新教国と新たな貿易を始めること」

「秀吉との合戦となれば、畿内へのすみやかな軍勢、弾薬、兵糧《ひょうろう》の輸送が必要となります。この対策やいかに」

「江尻《えじり》の港（清水《しみず》港）に水軍を集め、伊勢《いせ》長島《ながしま》城への補給態勢をととのえる。すでに信雄さまには、かの城に移るように進言してある」

「お見事でござる。それがしの考えと変わるところはございません」

正信が珍しく兜《かぶと》を脱いだ。

家康と秀吉――。

信長の高弟と言うべき二人の対決が始まったのは、天正《てんしょう》十二年（一五八四）二月だった。

きっかけは秀吉が、織田信雄に根来、雑賀攻めに加わるように迫ったことである。

家康は秀吉との決戦に備え、根来、雑賀衆を通じて弾薬の補給ルートを確保しようとした。

本願寺門主顕如《けんにょ》のもとに使者をつかわし、本願寺や一向一揆との和解を果たしたし、根来寺とも一致して秀吉と対決すると申し合わせた。

この動きを察知した秀吉は、根来、雑賀を殲滅《せんめつ》して家康の兵站《へいたん》線を断ち切ろうと、数万の大軍をひきいて紀州に進攻することに決し、織田信雄の出陣を求めた。

信雄と家康を分断するためである。

対応に苦慮した信雄は、二月中旬に飯田《いいだ》半兵衛《はんべえ》を浜松城につかわし、どうするべきか家康の指示をあおいだ。

「先にもお知らせした通り、羽柴どのは伊勢、伊賀《いが》から紀州に出陣するように求めてきております。信雄さまは応じられぬとお考えですが、三人の家老は応じるべきだと迫っております」

半兵衛が窮状を訴えた。

三人の家老とは、亡くなった岡田長門守重善《おかだながとのかみしげよし》の嫡男重孝《ちゃくなんしげたか》、伊勢松ヶ島《まつがしま》城主津川義冬《つがわよしふゆ》、尾張苅安賀《かりやすか》城主浅井長時《あざいながとき》。

いずれも秀吉に懐柔された者たちだった。

「いきさつは我らも承知しています。今日はわしの知恵袋も同席させたいが、よろしいか」

家康は半兵衛の同意を得て本多正信を呼んだ。

正信はそっけない挨拶をしただけで本題に入った。

「信雄さまは殿と力を合わせて秀吉に対抗したいと望んでおられる。そのように聞いておりますが、相違ござるまいな」

「その通りでござる」

半兵衛はあからさまに不快な顔をした。

徳川家の重臣に本多正信がいるとは聞いたこともない。どこの誰とも知らない奴が、なぜこんなに偉そうな態度を取るのかと言いたげだった。

「ならば取るべき道はひとつでございましょう。申し合わせのごとく、殿と力を合わせて秀吉を討つしかありますまい」

「し、しかし、三人の家老が」

「その者たちは秀吉に操られております。この先邪魔になるゆえ、斬ってしまわれよ」

正信が鋭い目をして半兵衛に迫った。

「斬れとは何事でござる。いやしくも当家の家老でござるぞ」

半兵衛がまなじりを決して反論に出た。

「むろん、存じておりまする」

「ならば何ゆえそのような放言をなされる」

「ひとつは獅子身中の虫を除くため。いまひとつは、三人を斬って信雄さまに不退転の決意を示していただくためでござる」

「三河守どのも同じお考えでござろうか」

半兵衛はたまりかねて家康に話を向けた。

「この弥八郎は性根がねじ曲がっておる上に、傍若無人のところがござってな。我らも腹立ちを抑えかねることばかりでござる」

「それでは何ゆえお側《そば》に……」

「腹は立つものの、この者の申すことには理があるゆえ無下にもできぬのじゃ」

家康は仕方なげに苦笑した。

「それがしには理があるなどとは思えませぬ。心外でござる」

「三家老の行状については、忍びを入れて調べ申した」

正信が平気で話をつづけた。

「その結果、三人が秀吉に銭と所領をつかまされ、信雄さまが我らと手を結ぶのを止めようとしていることが明らかになりました。中でも星崎《ほしざき》城の岡田重孝は」

「岡田どのが、どうしたとおおせられるのじゃ」

「秀吉に内通していることを父親である長門守どのに知られ、勘当されそうになった。そのために先手を打って刺殺したと申す者がおります。それが長門守どの急死の真相だと」

「松ヶ島城の津川義冬は、伊勢一国を与えるという条件で秀吉に寝返る約束をしております」

「そんな……、馬鹿な」

「な、何を証拠にそのような」

「謀叛《むほん》をたくらむ者は証拠など残しませぬ。また証拠がなければ重臣の謀略も見抜けぬようでは、当主としての資格はございますまい」

「うーむ」

半兵衛は怒りに顔を赤くしてしばらく黙り込んだ。

「よろしい。ならば三人を城に呼んで詰問いたそう。岡田どのがそのような非道に手を染めておられるなら、それがしがこの手で成敗してご覧にいれる」

「いつまでに、詰問なされますか」

正信は容赦なく返答を迫った。

「今月二月末、いや来月初めまでには」

「承知いたしました。ならば当家に結果を知らせて下され。三人を成敗したと聞いたなら即座に兵を出し、秀吉を打ち果たしてご覧にいれましょう」

「どうしてそう言いきれる。何か秘策でもあるのでござろうか」

半兵衛は正信から顔をそむけ、家康に向き直った。

「弥八郎はいろんな所に伝《つ》を持《て》っておりましてな。すでに本願寺や根来寺とも一身同心の約束をしております。また島津や長宗我部、畿内の大名も、やがて身方になりましょう」

「それでは上洛なされるつもりでござるか」

「さよう。信長公が足利義昭公を奉じて上洛されたように、我らは信雄さまを奉じて織田幕府を開きます」

「織田幕府、でござるか」

「さすれば秀吉どのに従っている織田家の重臣たちも、信雄さまのもとに馳せ参じるは必定でござる」

だから信雄にも胆《はら》をすえてもらいたい。家康はそう言って決意をうながした。

伊勢長島城にもどった半兵衛は、三月七日に急使をつかわした。

前日の六日、信雄は家老である岡田重孝、津川義冬、浅井長時を城に呼び、秀吉に通じた罪で上意討ちにした。

半兵衛は公言した通り、重孝を詰問した上で討ち果たしたという。

家康はこうなるだろうと予測し、浜松城に一万五千の精鋭部隊を集めていた。

このうち五千は甲斐武田《たけだ》家の旧臣たちで、井伊直政《いいなおまさ》にひきいられた三千は赤備え、大須賀康高《おおすがやすたか》配下の二千は黒備えの鎧《よろい》を着込んでいた。

「我らはこれより織田信雄さまを奉じ、逆賊羽柴秀吉を打ち破って上洛する。皆の者、出陣じゃ。声を上げよ」

金陀美具足《きんだみぐそく》をまとった家康が下知《げじ》すると、浜松城三の丸に整列した軍勢がいっせいに鬨《とき》の声を上げた。

手にした得物を突き上げ、天に向かって「えい、えい、おう」とくり返す。

この戦はこれまでとは意味がちがう。徳川家が地方大名から脱し、天下の一翼を担う存在になるための戦である。

将兵の誰もがそのことを自覚し、鳥肌立つような高揚感を感じている。そして今なら、どんな軍勢にも負けないという自信に満ちていたのだった。

徳川勢一万五千は意気揚々と東海道を進軍していった。

先陣は酒井忠次、奥平信昌、大須賀康高ら五千。

本隊は本多忠勝《ほんだただかつ》、榊原康政《さかきばらやすなり》、井伊直政ら馬廻《うままわ》り衆《しゅう》五千。

そして後ろ備えは平岩親吉《ひらいわちかよし》、鳥居元忠ら五千である。

家康は久々に胸のすく思いをしながら馬を進めていた。

本能寺の変で信長が斃《たお》れて以来、数々の謎と疑惑に包まれ、霧の中を進むような苛立《いらだ》たしさを感じてきた。

その間に台頭してきた秀吉に先手先手に回られ、お市の方を死なせ織田信孝《のぶたか》らを討ち取られる苦杯をなめてきた。

（ところが、見よ）

今や家康のためなら命を惜しまぬ一万五千の精兵が、信雄を助け秀吉を撃破するために、足取りも見事に西に兵を進めている。

これはそのまま天下の一翼を担うための出陣でもあった。

（ここから、まったく新しい道が始まる）

家康はその覚悟を家臣、領民すべてに知らせるため、三月三日に三河《みかわ》と遠江《とおとうみ》に徳政令を発した。

債権者や金融業者にすべての債権の放棄を命じるもので、通常は天皇や将軍の代替わりに発令されてきた。

新しい御世《みよ》になったのだから、これまでの貸借はすべて無しにして出発すべきだという思想にもとづいたものだ。

酒井忠次とともに先陣をつとめる松平家忠は、日記（『家忠日記』）に次のように記している。

〈四日、城へ出候、昨日三日、三州（三河）、遠州（遠江）徳政入候、永代質物計《ばかり》のぞき其外 悉《ことごとく》入候〉

家康が出陣前に徳政令を出したのは、借金に苦しむ家臣や雑兵たちの負担を軽くして出陣に専念させる意図もある。

だがそれ以上に、徳川家の新しい時代が始まることを周知したかったのだった。

三月八日に岡崎《おかざき》城に着いた家康は、石川数正がひきいる五千の三河勢を合流させ、翌九日に出発した。

その日は池鯉鮒《ちりふ》（知立《ちりゅう》）、十日は鳴海《なるみ》に宿営した。

翌日の行軍の間にも、音阿弥《おとあみ》配下の甲賀《こうか》忍者が刻々と状況を伝えてきた。

「申し上げます。羽柴秀吉は近江の坂本《さかもと》を本陣とし、琵琶湖《びわこ》の対岸の永原《ながはら》、守山《もりやま》、草津《くさつ》に三好秀次《みよしひでつぐ》、羽柴秀長《ひでなが》の先陣を配しております」

秀次は秀吉の甥、秀長は弟である。身内を先陣部隊三万の大将とし、関ヶ原《せきがはら》を抜けて美濃に進攻する構えを取っていた。

「別動隊一万五千は、鈴鹿峠《すずかとうげ》を越えて関《せき》、亀山《かめやま》に向かっております。主なる武将は蒲生氏郷《がもううじさと》、長谷川秀一《はせがわひでかず》、堀秀政《ほりひでまさ》、日根野備中《ひねのびっちゅう》、滝川一益《たきがわかずます》でございます」

秀吉は別動隊に伊勢の南部を制圧させ、信雄が居城とした伊勢長島城に迫ろうとしている。

家康は伊賀越えで畿内から脱出する時に長谷川秀一に助けてもらったし、堀久太郎《きゅうたろう》秀政とは信長の取り次ぎ役をしていた頃から親しくしている。

信長子飼いと言うべき二人が秀吉側に付いたのは驚きだが、それ以上に意外だったのは滝川一益だった。

「何ゆえ滝川どのが秀吉に従うのだ」

昼餉《ひるげ》の休息の時に、家康は本多正信に憤懣《ふんまん》をぶつけた。

賤ヶ岳《しずがたけ》の戦いの直前、家康は信雄に働きかけて戦になるのを避けようとした。

ところが一益が秀吉勢といさかいを起こし、関盛信《せきもりのぶ》を亀山城から追い出したため に秀吉に開戦の口実を与えたのである。

「滝川どのの城と所領は、信雄さまのものとなっております。これを取り返すには、信雄さまを倒すしかないと思われたのでございましょう」

正信は薬だと言って酒を飲んでいた。

昔の戦で腰を痛めているので、馬に乗っての長行軍はこたえるのである。

「ならば信孝さまや柴田《しばた》どのへの責任はどうなる。仇に膝を屈して武士の一分が立つと思うか」

「落ち目の人間は弱いもので、銭と所領を積まれればいかようにも転びます。秀吉は地べたから這《は》い上がってきた男だけに、そのことを知り尽くしているのでございましょう」

その調略を防げるかどうかが勝敗の分かれ目になる。正信はそうつぶやいた。

三月十三日、家康は庄内《しょうない》川を渡って清洲《きよす》城に入った。

知らせを受けた信雄は、飯田半兵衛らと伊勢長島城から駆け付けた。

「早々とご出陣いただき、かたじけのうございます。おおせの通り三家老を成敗し、不退転の決意で秀吉を討つことにいたしました」

信雄は信長ゆずりの南蛮胴の鎧を着込んでいる。

大戦を前に緊張しているのか、面長の端整な顔から血の気が引いていた。

「不躾《ぶしつけ》な申し出をお聞き届けいただき、かたじけのうござる。我らも信雄さまと運命を共にする覚悟で出陣して参りました」

「三家老を詰問したところ、おおせの通りだということが分かりました。我らの不明を恥じるばかりでございます。のう、半兵衛」

「さよう。本多どのがおおせられた疑いについて岡田重孝に問い質《ただ》したところ、蒼《そう》白《はく》になって何ひとつ答えられぬ有り様でござった」

それゆえその場で討ち果たしたと、半兵衛が胸を張った。

「戦の手立ては、どのようにしておられましょうか」

家康は秀吉勢への備えをたずねた。

「敵は鈴鹿峠から関や亀山に攻め込もうとしております。それゆえ我らは中川定成《なかがわさだなり》、佐久間《さくま》正勝《まさかつ》らを大将とする一万余をつかわし、関城、亀山城の守備につくように命じております」

津川義冬の松ヶ島城はすでに制圧しているし、安濃津《あのつ》城は叔父の織田信包《のぶかね》が守っている。それゆえ徳川家の先手衆も桑名《くわな》の守備に当たってもらいたい。

信雄がそう言って頭を下げた。

「承知いたしました。酒井忠次が先陣の兵をひきいて津島《つしま》におりますので、明日にも桑名に向かわせましょう。刈谷《かりや》の本家にもどった水野勝成《みずのかつなり》も、忠重《ただしげ》どのとともに伊勢に向かっているはずでござる」

家康も主戦場は伊勢になると読んで、手筈《てはず》をととのえていたのだった。

「半兵衛どの、ひとつおうかがいしたいが」

同席していた正信が口を開いた。

「何でござろうか」

「中川定成どのといえば、尾張犬山《いぬやま》城を預かるお方ではございませんか」

「さよう。当家が誇る勇将の一人でござる」

「そのようなお方を伊勢に向かわせては、犬山城の守りが手薄になるのではありませんか」

「ご心配は無用でござる。大垣《おおがき》城の池田恒興《いけだつねおき》どのと、金山《かねやま》城（岐阜県可児市）の森《もり》長可《ながよし》どのが身方になられたゆえ、美濃方面の守りは万全でござる」

半兵衛が正信の懸念を一蹴した。

「池田恒興どのは秀吉に従っておられたと存ずるが」

「さようでござるが、殿が信孝さまの旧領である美濃を引き継がれた時、池田どのは当家の与力として大垣城に入られました。このたび羽柴と合戦に及ぶに当たっては、殿に従うと誓約なされたのでござる」

恒興が信雄に従うことにしたので、娘婿の森長可も行動を共にしている。美濃の東西の守りは二人に任せているので、案ずることはない。

半兵衛らはそう判断し、犬山城主の中川定成を伊勢に出陣させたのだった。

「その誓約、信じて良いものでござろうか」

「恒興どのは信長さまの乳兄弟じゃ。殿にとっては叔父も同然でござる」

「そのようなお方が、信孝さまを討ち果たされたのですぞ」

「弥八郎、食事の用意はどうした」

家康は危ういと見て、正信の口を封じた。

「さあ、存じませぬが」

「そろそろ昼時分じゃ。湯漬けを用意するように命じてきてくれ」

湯漬けに香の物だけの簡単な食事を終えた時、伊勢長島城から急使が来た。

「申し上げます。伊勢の峰《みね》城が敵に包囲されました。蒲生氏郷、滝川一益の軍勢一万五千余でございます」

峰城は鈴鹿峠から伊勢に進攻して来る敵にそなえた城で、中川定成、佐久間正勝が伊勢防衛の拠点とするために五千の兵とともに守りについていた。

「ついに、始まったか」

信雄が緊張に顔を強張らせた。

信長ゆずりの鎧を着て勇ましげにしていても、気持ちの弱さは隠しきれないのだった。

「神戸《かんべ》にも桑名にも、身方の軍勢が後詰《ごづ》めをしております。敵も容易には攻めかかれますまい」

半兵衛が鷹揚《おうよう》に構えて信雄を励ましたが、その直後に新たな使者が飛び込んできた。

「犬山城が池田恒興どのの軍勢に攻められております。守備の兵は五百足らずゆえ、至急援軍をお願いいたします」

「そんな……、ば、馬鹿な」

半兵衛はあんぐりと口を開けて絶句した。

「恒興どのが、まさか」

信雄はうろたえるばかりでなす術《すべ》を知らなかった。

「池田勢の人数は」

家康がたずねた。

「およそ三千でございます」

「康忠、絵図を持て」

近習の松平康忠に戦略図を広げさせた。

犬山城は木曽川の南の高台の上にある。

美濃への備えとして織田家がきずいたもので、信長が居城としていた小牧山《こまきやま》城まで二里半（約十キロ）しか離れていなかった。

「すぐに石川数正を呼べ。三河の兵をひきいて救援に向かわせよ」

家康はそう命じたが、数正が到着する前に犬山城が落ちたとの知らせがとどいた。

「衆寡敵せず。落城のやむなきに至りました」

留守役をつとめている中川清蔵主の使者が告げた。

清蔵主は定成の叔父で、犬山城下の瑞泉寺《ずいせんじ》の住職をつとめていた。ところが定成が伊勢に出陣したために、僧衣のまま城を預かっていたのだった。

「して、中川どのは」

「近臣百余名とともに、討死《うちじに》なされました」

池田勢の攻撃が急だったために、城を自焼することもできなかったという。

「康忠、酒井忠次に早馬を出し、桑名行きを中止して清洲まで引き上げさせよ」

「お待ち下され。それでは峰城の後詰めが手薄になり、伊勢の守りは壊滅いたします」

半兵衛が割って入った。

「分かりませぬか。敵は伊勢と美濃から我らを挟み撃ちにする計略でござる」

こうなったからには伊勢の防衛線を木曽川まで下げ、尾張を守り抜く態勢を取るしかなかった。

「それでは峰城にこもった中川や佐久間を、見殺しにすることになりまする」

「そうならぬよう早急に退却を命じる使者を送られよ。お二人とも急いで城にもどり、桑名までなりとも中川どのらを迎えに出られるが良い」

家康の厳しい口調に恐れをなした信雄と半兵衛は、肩を落として伊勢長島城に引き返していった。

「やれやれ。あれでは先が思いやられますな」

正信があきれ顔で吐き捨てた。

「またしても秀吉どのの策にはめられたということか」

「さよう。美濃をくれてやると言って信雄どのを丸め込み、池田どのを大垣城に入れて与力にした。そうしてここぞという時に寝返らせるのですから、まさに変幻自在の計略でございますな」

「どこからそんな知恵がわいてくるのであろうな」

家康は腹立ちを通りこして感心していた。

ここまで徹底していれば見事なものだと、秀吉に兜を脱ぎたいほどだった。

「それがしにもよく分かりません。これは秀吉だけの才覚ではなく、黒田官兵衛の助言があるのでございましょう」

「何ゆえそう思う」

「イエズス会の宣教師の中には、ヨーロッパでも指折りの大学で権謀術数や人心操作の方法を学んだ者がいると聞きました。それは孫子の兵法のような大まかなものではなく、人間の心理の襞《ひだ》にまで踏み込んで人を操る術だそうでございます」

「それを官兵衛とやらは学んでおると申すか」

「飛び抜けて頭のいい男ですから、知恵の回らぬ老臣や戦を知らぬ若殿さまを操ることなど、赤子の手をひねるようなものでございましょう。誰か一人、心利きの御仁を信雄さまの側につけた方が良いかもしれませぬ」

長年一向一揆の参謀をしてきた正信の最大の敵は、信長とイエズス会だった。クリスタンの有力者であるシメオン官兵衛についても調べ上げていたのである。

「誰が良いと思う」

「さようですな。酒井どのか大須賀どのがよろしいかと」

「どうじゃ。そちが行っては」

「殿がおおせられたごとく、それがしは性根がねじ曲がっている上に傍若無人でございます。すぐに信雄さまやあの老臣と対立し、斬り殺されることになりましょう」

「確かにそうであろうな」

「人徳がないとは詮方《せんかた》ないもの。殿の度量が大きいゆえ、こうして仕えさせていただくことができるのでございます」

正信は照れたように笑い、いかつい顔をつるりとなでた。

翌日、酒井忠次らの到着を待って、家康は諸将を集めて軍議をひらいた。

後に十六神将と呼ばれる武将たちが、板張りの広間に甲冑《かっちゅう》姿で集まった。

「犬山城のことは皆も聞いていると思う」

家康が床に広げた戦略図を、皆が車座になって見入った。

「敵は初めから我らの目を伊勢方面に引き付け、池田の軍勢に犬山城を攻め取らせた。後手に回った我らは、犬山城の敵を木曽川の対岸まで追いやって形勢を挽回《ばんかい》するしかない」

しかし秀吉はそれを防ごうと、美濃から犬山城へ大軍を送り込んでくるだろう。だから犬山城から小牧山城にかけての間が、両軍の主戦場になる。

家康はそうした見通しを示し、対応策とそれぞれの持ち場を示した。

「先陣の忠次、信昌らは明日にも小牧山城に移り、犬山城攻めの仕度にかかれ」

「承知いたしました」

色々威《いろいろおどし》の鎧を着込んだ忠次は、合戦を前に若やいでいた。

「石川数正も五千の三河勢をひきいて小牧山城に移り、土塁や塀、曲輪《くるわ》をきずいて城の守りを固めよ。城のまわりに陣城をきずいて、敵の本隊との決戦にも耐えうるようにしておかねばならぬ」

「昨日犬山城が攻め落とされたと聞き、清洲から物見を出して小牧山の周辺を調べさせました」

その結果、蟹清水《かにしみず》と比良《ひら》、小幡《おばた》に陣城をきずくのが良いと思われると、数正は手回し良く準備をととのえていた。

「そのようにしてくれ。事は一刻を争うゆえ、近くの寺や神社から用材を徴発しても構わぬ」

「お任せ下され。明日の夜明け前に出陣し、夜を日に継いで完成させてご覧にいれます」

「頼むぞ。それから後ろ備えだが」

家康は後陣をひきいる鳥居元忠と平岩親吉を見やった。

「二人はこれから、五千の兵とともに三河にもどってくれ」

「何ゆえでござろうか。これから戦が始まろうという時に」

元忠が目をむいて問い詰めた。

「長篠《ながしの》の戦いに勝った後、我らは信長公に対面するために岐阜城に伺候した。あの時、どの道を通ったか覚えておるか」

「寺部《てらべ》（豊田市）から品野《しなの》城（瀬戸市）に向かい、木曽川を渡って加賀見野《かがみの》（各務原《かかみがはら》市）に出ましたが」

「加賀見野までは何日かかった」

「途中品野に泊まり、翌日には着き申した」

元忠は馬鹿にするなと言いたげだった。

「ゆっくり歩いて一泊二日だ。秀吉どのの精鋭部隊が早駆けすれば、一日で着くだろう」

「三河が攻められるとおおせられるか」

「秀吉どのは智謀の鬼じゃ。しかも八万以上もの軍勢を持っておられる。我らを小牧山城に釘付けにして、別動隊を迂回させて三河を攻め取ろうとなされるかもしれぬ」

「なるほど。さようなこともござろうな」

元忠はようやく納得して命に服した。

「しかしそれでは、殿の手勢は一万になってしまいますぞ」

八倍もの敵に圧倒されるのではないかと、親吉が危ぶんだ。

「信長公は桶狭間《おけはざま》で十倍の今川勢に大勝された。戦の勝敗を分けるのは軍勢の数ではない」

「確かに、今の殿ならば信長公に劣らぬ采配をなされましょうな」

親吉が言うと皆が声をそろえて笑った。

「今日は服部半蔵《はっとりはんぞう》と音阿弥も呼んでおる」

次の間のふすまが開き、半蔵と音阿弥が姿を現した。

「皆は知るまいが、音阿弥は伴与《ばんよ》七郎《しちろう》の跡を継いで甲賀の忍びを束ねておる。日頃は都の観世《かんぜ》座の舞台に立つ能役者だ」

「皆様、音阿弥でございます。お見知りおきをいただきとう存じます」

音阿弥は総髪にした若侍の姿をして、紺色の大紋《だいもん》を見事に着こなしていた。

「甲賀衆は畿内の事情に詳しいゆえ、敵情の探索に当たってもらう。得られた情報は半蔵の配下が皆の陣所に伝えるゆえ、わしの指示通りに動いてくれ」

「配下の者には符牒《ふちよう》を口にするように申し付けますゆえ、それで伊賀者かどうか確かめて下され。その符牒をこの場で決めていただきたいのでございますが」

半蔵が家康をうながした。

「そうだな。何にいたそうか」

家康はしばらく考え、互いに肩を組むほど車座を小さくしてぼそりと告げた。

「赤尻の猿」

これには皆が爆笑した。

それが誰を揶揄《やゆ》しているかよく分かっていた。

「それでは方々、配下にそう申し付けておきますゆえ、よろしくお願い申す」

半蔵が話し終えるのを待って、本多忠勝が発言の許しを乞うた。

「織田中将信雄さまのことでござる。ご無礼ながらこのたびの犬山城の不始末を見ていると、武将としての器量があるとは思えませぬ」

十三歳の頃から家康に従ってきた本多平八郎《へいはちろう》忠勝は、今や三十七歳となり、徳川家有数の名将に成長している。

信雄への不安を口にしたのは、皆の気持ちを代弁してのことだった。

「それゆえどなたかを信雄さまのお側につけ、軍監として差配していただくべきだと存じますが」

「意見はもっともだが、織田家は主筋にあたるゆえ出過ぎたことをしては反発を招くであろう。それゆえ水野忠重どのと勝成にその役を頼むことにした」

忠重は信雄の家臣であり、家康の叔父にあたる。

息子の勝成は戦上手として頭角を現しているので、二人を信雄の側に付けておけば大丈夫だと判断したのだった。

軍議の二日後、十六日の午後に音阿弥の配下から急報があった。

「森長可の軍勢三千が八幡林に布陣いたしました。犬山城攻めに遅れた長可は、小牧山城攻めの先陣をつとめると豪語しております」

家康はすぐに戦略図を広げた。

八幡林は羽黒砦《はぐろとりで》のすぐ南にあり、犬山城から一里（約四キロ）ほど離れている。池田勢との連携が取れない突出した位置だった。

「本陣はどこにある。羽黒砦か八幡林か」

「八幡林でございます」

「鬼武蔵《おにむさし》め、我らを甘く見ているようだな」

武蔵守《むさしのかみ》を名乗っている長可は、信長を思わせる苛烈《かれつ》な戦をするので鬼武蔵と呼ばれていた。

「半蔵、忠次に使者を送って朝駆けせよと伝えよ。敵は油断して平地に宿営しておるゆえ、釣り野伏が効き目があろう」

「承知いたしました。さっそく『赤尻の猿』をつかわします」

結果はすぐに出た。

翌十七日の明け方に小牧山城を出た忠次勢は、八幡林の長可軍を急襲して敗走させたのである。

奥平信昌がひきいる二千が正面から敵陣に攻め込み、半刻（約一時間）ほどの激戦の後に旗を巻いて敗走する。勢いに乗って追撃してきた長可軍を、道の両側に伏せていた忠次勢三千が挟撃した。

家康が指示した釣り野伏が、鮮やかに決まったのだった。

「血気にはやると落とし穴にはまるということじゃ。鬼武蔵はさぞあわてたろうな」

家康は戦略図をながめて敗走する敵の姿を思い描いた。

「羽黒砦に立て籠もって踏みとどまろうとしましたが、反転した信昌どのの軍勢に追撃され、総崩れになって敗走いたしました」

「忠次と信昌はどうした」

「羽黒砦に本陣をおき、池田勢の来襲にそなえておられます」

娘婿である森長可の恥をすすごうと、池田恒興は総力をあげて攻めて来るはずである。

忠次らはそれを撃破して、一気に犬山城を攻め落とそうと考えていたのだった。

「犬山城までおよそ一里か」

この先敵がどう動くか、家康は読み切ろうとした。

池田勢が羽黒砦に攻めて来るなら、八幡林に井伊直政や大須賀康高らを伏せておき、敵が砦に攻めかかった時に側面から突撃させればよい。

新しく家臣となった武田の遺臣たちを先陣にすれば、赤備え、黒備えの軍装も勇ましく池田勢を蹴散らしてくれるだろう。

戦略図をながめながら想を巡らしていると、甲賀の忍びが次の知らせをもたらした。

「申し上げます。稲葉一鉄《いなばいってつ》の軍勢二千が、犬山城に入城いたしました。木曽義昌《きそよしまさ》の軍勢三千も、木曽川ぞいに犬山に向かっております」

「池田勢はどうした」

「敗走した森勢を城に収容いたしましたが、打って出る様子はありません」

「これで読めたぞ。半蔵」

「ははっ」

「羽黒砦に使いを出し、砦を引き払って小牧山城までもどるように忠次に伝えよ」

「ご主旨は」

「犬山城に稲葉や木曽が駆け付けたのは、事前に支援態勢をととのえていたからだ。これからその数はもっと増えるであろう。とても羽黒砦では持ちこたえられぬ」

「委細、承知いたしました」

「おそらく秀吉どのも岐阜から犬山に出て来よう。陣城に籠もってにらみ合う持久戦になるぞ」

家康はそうなることを予想し、出陣した秀吉勢の背後を衝くように諸国の身方に檄《げき》を飛ばしている。

その計略が効を奏したのは、三月二十三日のことだった。

森長可に本領を追われていた遠山佐渡守《とおやまさどのかみ》らが、恵那《えな》郡明知《あけち》城に夜襲をかけて戦果を挙げたが、二十五日にはさらに大きな知らせが飛び込んで来た。

「殿、山が動きまするぞ」

正信がいささか得意気に、関東から九州まで記した戦略図を広げた。

「一昨日、根来、雑賀衆が泉州《せんしゅう》の岸和田《きしわだ》城に攻めかかりました。城の守りが堅く落城させることはできませんでしたが、そのまま城を素通りして大坂を攻める構えを見せたところ、城兵は打って出てこれを防ごうといたしました」

「まるで我らを三方ヶ原《みかたがはら》に誘い出した、信玄《しんげん》公の計略のようではないか」

「根来、雑賀衆はこれを粂田《くめだ》で迎え撃ち、敵を敗走させたそうでございます」

「岸和田の城主は中村一氏《なかむらかずうじ》であったな」

「さよう。六千の兵で守っておりましたが、根来、雑賀衆は二万五千の大軍ゆえ抗しきれなかったのでございます」

これは正信が貝塚《かいづか》にいる本願寺顕如を身方に引き入れ、一向一揆の軍勢を動かして実現したことだった。

「もうじき長宗我部元親《もとちか》どのが淡路《あわじ》に攻め込み、海を渡って岸和田城を攻略なされましょう。越中《えっちゅう》の佐々成政《さっさなりまさ》どのも、能登《のと》、加賀《かが》へ攻め入られるはずでございます」

正信が泉州と能登を指さし、両軍が南と北から畿内に進撃すると言った。

「やがて北条どのも、二万ちかい軍勢をひきいて駆けつけられましょう。あと一月《ひとつき》ばかり秀吉勢を尾張に引きつけておけば、我らの勝ちはゆるぎませぬ」

「北条勢はそう簡単には動けまい。秀吉どのが常陸《ひたち》の佐竹《さたけ》や越後《えちご》の上杉を身方にして、背後をおびやかしておられるようだ」

「それゆえ北関東の諸将を身方にして、佐竹、上杉の動きを封じなければなりませぬ」

正信の進言を容《い》れて、家康は北関東の城主や国衆に何通もの書状を送った。

このうち下野《しもつけ》の領主皆川広照《みながわひろてる》に送った書状には次のように記している。

「羽柴秀吉は日頃より不義の動きが多いので、信雄さまと申し合わせて討ち果たそうと、去る十三日に尾州《びしゅう》の清須まで出馬しました。そして十七日には尾濃の境の羽黒というところに、池田紀伊守《きいのかみ》（恒興）、森武蔵守（長可）が立て籠もったために、即時に押し寄せて乗り崩し、千余人を討ち取りました」

家康は三月二十五日付の書状にそう記しているが、千余人を討ち取ったというのは戦果を強調するための誇張である。

この時戦場《いくさば》に出た松平家忠は「三百余討捕候」と日記（『家忠日記』）に記しているので、こちらが実数に近いと思われる。

ともあれ家康は初戦に快勝したことを皆川広照に伝え、状況は圧倒的に有利だと強調した上で次のように記している。

「しからば五畿内、紀州、西国、中国にことごとく調略の手を伸ばしておりますので、各方面と連絡を取り合い、近々上洛できることでしょう」

三月二十七日、秀吉が三万の兵をひきいて犬山城に入った。

その報を得た家康は、翌二十八日に五千の本隊をひきいて小牧山城に移った。

平野に椀《わん》を伏せたような形をした小牧山にきずいた城を、信長は美濃攻略の拠点とした。

信長が岐阜城に移ってからは廃城同然になっていたが、石川数正の改修工事によって二の丸、三の丸が整備され、土塁や切り岸も強化してあった。

大手門には酒井忠次、石川数正を先頭に多くの武将たちが迎えに出ていた。

「忠次、羽黒ではよくやった。これでうかつには動けぬと秀吉勢は肝に銘じたであろう」

家康は馬上から声をかけた。

「さしたることはござらぬ。殿のお申し付けに従ったまででござる」

忠次が愛用の槍《やり》を軽く突き上げた。

「数正も大儀であった。十日余りの間によくぞここまでの要害にしてくれたものだ」

「三河の衆がよく働いてくれ申した。まだまだ足りないところがありますので、これからも作事をつづけて参ります」

数正が久々に晴れがましい顔をして胸を張った。

「殿、秀吉どのは本隊を楽田《がくでん》城まで移しましたぞ。本丸までお上がり下され」

忠次に案内されて天守閣に登ると、楽田城を中心に布陣する秀吉勢の様子がはっきりと見えた。

秀吉は初戦の敗北を挽回しようと、羽黒砦より半里（約二キロ）ほど南まで進軍してきたのである。

小牧山城からの距離はおよそ一里。

本陣に林のごとく立っている総金の旗や、高々とかかげた千成《せんなり》びょうたんの馬印まで見えるほどだった。

「あれが秀吉どのの軍勢か」

家康が初めて見る宿敵の威容である。

金箔《きんぱく》をほどこした千成びょうたんや総金の旗が、秀吉の勢いを表している。将兵の甲冑もきらびやかで、騎馬や鉄砲の数も多かった。

「いかがでござる。我らが付け入る隙はどこにありましょうか」

忠次がたずねた。

「戦場で陣立てを見なければ分からぬが、旗の向きがそろっておらぬゆえ、全体のまとまりに欠けているようだ」

「欲に釣られて身方になった者たちでござる。秀吉どのに心服しているわけではござるまい。狙うとすればそこかもしれませぬな」

翌日、織田信雄が五千の兵をひきいて駆け付けた。

水野忠重、勝成父子が補佐し、一糸乱れぬ隊列を組んで入城した。

信雄との型通りの対面を終えた後で、忠重と勝成が訪ねて来た。

「三河守どの、軍監にご推挙いただきかたじけのうござった。おかげでご一緒に天下を賭けた大戦《おおいくさ》にのぞむことができまする」

五千のうち三千は水野家の将兵だと、忠重が誇らしげに告げた。

「大役と存ずるが、よろしく頼みます。この戦に勝つには、信雄さまに踏ん張ってもらわねばなりません」

「お任せ下され。それがしの心は、常に三河守どのと共にあります」

「殿、ひとつ気になることがあります」

伊勢の九鬼嘉隆《くきよしたか》が軍船を集めている。勝成がそう告げた。

「いかほどだ」

「五百艘《そう》ばかりが、鳥羽《とば》の港に集まっていると報告がありました」

「陸路三河に攻め入る軍勢に呼応し、三河湾に船を着ける計略のようだな」

そう察した家康は、服部半蔵に敵の動きから目を離すなと厳命した。

「加賀見野から品野に向かわれたら我々の目が届かぬ。使えるだけの配下をつかわして、敵の動きを突き止めてくれ」

秀吉勢が動いたのは四月六日の夜半だった。

三好秀次を大将とする軍勢が楽田城を出て南に向かったのである。

「先陣は池田恒興、二陣は森長可、三陣は堀秀政、そして秀次の本隊。総勢二万五千でございます」

半蔵が告げた。

秀次の別動隊は楽田から南東への道をたどり、翌七日には上条城《じょうじじょう》（春日井市上条町）に入った。

家康は即座に岡崎城に急使を送り、敵の来襲に備えるように命じるとともに、沿道の諸城に守りを厳重にするように伝えた。

秀次勢は庄内川を渡って三河へ向かうかと思ったが、その日は城にとどまったまま動かなかった。

（もしや、狙いは清洲城か）

家康の背筋に寒気が走った。

上条城から清洲城までは四里（約十六キロ）ほどしか離れていない。二万五千の軍勢と九鬼水軍の船五百艘が来襲したなら、留守役だけの清洲城はひとたまりもなかった。

家康はそれに備え、水野勢三千を上条城と清洲城の間の砦に向かわせたが、八日の午後には秀次勢が長久手《ながくて》方面に向かったとの報がとどいた。

同じ頃、楽田城の秀吉本隊が南下し、二重堀《ふたえぼり》砦に入った細川忠興、蒲生氏郷勢が小牧山城に攻め寄せて来た。

四千ばかりの軍勢が三の丸の柵際まで詰め寄って鉄砲を撃ちかけたが、攻め落とそうという気迫はない。家康を城に釘付けにしておくための脅しだった。

「秀吉どのも鬼武蔵と同じじゃ。徳川三河守を見くびっておる」

家康は三の丸に五千余の兵を集め、防戦に手一杯のふりをさせた。

そして夜になるのを待ち、榊原康政、大須賀康高らの軍勢五千に出陣を命じた。

庄内川の浅瀬を渡り、戌《いぬ》の刻（午後八時）に小幡《おばた》城（名古屋市守山区）に着いた康政らは、即座に周辺の安全を確認して家康に状況を知らせた。

「忠次、数正、後は任せたぞ」

家康は二人を留守役に任じ、本隊七千をひきいて小牧山城を忍び出た。織田信雄や飯田半兵衛は城に残し、水野父子がひきいる三千だけを同行させた。

小幡城に入ったのは、九日の子《ね》の刻（午前零時）である。家康はさっそく諸将を集めて軍議を開いた。

本陣の机に広げた戦略図が、かがり火に赤く照らされていた。

「秀次の本隊一万三千は白山林《はくさんばやし》に夜営し、先陣の池田隊は長久手まで進んでおります」

康政と康高がつぶさに状況を報告した。

「白山林までの距離は」

家康がたずねた。

「およそ一里。白山林から長久手までも一里ほどでございます」

「康高、そちならどう攻める」

「このまま夜襲をかけ、白山林の三好秀次本隊を潰し申す」

大須賀康高が戦略図に描かれた白山林を指さした。

「さすれば先陣の池田、森隊は、本隊を救おうと反転して参りましょう。我らは高所に陣取り、それを迎え撃ちまする」

「どこかよき陣場があるか」

「長久手の北方に色金山《いろがねやま》がござる。高さは十五丈（約四十五メートル）ばかりでござるが、本陣をおくには充分な広さがあり申す」

康高らは迎撃戦になると見て、あたりの地形まで調べ上げていた。

「わしにも異存はない。白山林は康高と康政、それに水野どのに任せる。我らは色金山に本陣をおき、池田、森らが引き返してくるのを迎え撃つ」

皆が戦略図をにらみながらうなずいた。

修羅場に飛び込む緊張と、負けはせぬという自信が、張り詰めた表情にみなぎっていた。

「遠慮はいらぬ。我らの強さを、秀吉勢に骨の髄まで思い知らせてやれ」

丑《うし》の刻（午前二時）、水野、大須賀、榊原らの先陣部隊が、小幡城を出発して白山林に向かった。

それにつづいて本隊七千が出発したが、家康はこのうち一千を本多忠勝に託し、楽田城の敵が追撃してきた場合に備えさせた。

「白山林の北には矢田川《やだ》が流れている。秀吉が我らの夜襲に気付いて追っ手を差し向けたなら、この川で食い止めよ」

「お任せ下され。一人たりとも渡らせませぬ」

黒ずくめの鎧をまとった忠勝が頼もしげに請け負った。

幸い空は晴れ、満天の星がまたたいている。

馬の口に枚《ばい》をふくませた家康本隊は、星明かりに照らされて白山林の北を迂回し、寅《とら》の刻(午前四時)を過ぎた頃に色金山に布陣を終えた。

前方には長久手と呼ばれる低湿地が、北から南へと走っている。湿地を抜ける道は幅が狭く、一列でしか通れないほどである。

敵の先陣が夜営する姿は見えないが、白山林の本隊が襲われたと知れば、あわてて引き返してくるはずだった。

「頃合いじゃ。合図をせよ」

家康が命じると、屈強の武者が長鉄砲で棒火矢を放った。

鉄製の矢の先に取り付けた火薬筒が、火を噴きながら夜空に高々と打ち上がり、白山林を包囲していた先陣部隊に合戦の始まりを告げた。

ややあって白山林の方から銃声と喚声が上がった。

水野隊、大須賀隊が、三好秀次勢の背後から鉄砲を撃ちかけて備えを崩し、槍隊を突入させたのである。

闇の底から聞こえてきた喚声は、二千ばかりの槍隊が上げた突撃の絶叫だった。

三好勢一万三千が後方の敵に備えようとあわてて態勢をととのえたところに、南側に回り込んだ榊原隊二千が攻めかかる。

三好勢が南に備えようとすると、矢田川の警戒に当たっていた本多忠勝が、敵の追撃はないと見切って白山林の北側から三好勢に攻撃を仕掛けた。

「撃て撃て。持ち弾すべてを撃ちつくせ」

忠勝に命じられ、三百余の鉄砲隊が筒先をそろえて猛烈な射撃をあびせた。

遠くまで出陣した時には、弾薬を惜しみながら戦うのが常である。

補給が間に合わない恐れがあるからだが、秀次本隊が大量の弾薬を携行している

堀秀政勢三千だった。

ので、それを奪えばいいと算段しているのだった。

秀次本隊からの急報を受けて最初に引き返してきたのは、堀秀政勢三千だった。

池田恒興と森長可の軍勢九千は、長久手から半里ほど南の岩崎城《いわさき》（日進市岩崎町）を未明から攻めていたので、連絡が届くのも引き返すのも遅くなったのである。

長久手の狭い道を単独で引き返してきた堀秀政は、正面の色金山に徳川勢の旗がひるがえるのを見ると、西側の高台である檜ヶ根《ひのきがね》に上がって陣を取った。

家康がここまで出陣しているのなら、すでに秀次本隊は壊滅しているだろう。かくなる上は有利な陣地を確保して、池田、森隊がもどってくるのを待つしかない。

そう判断したからだが、家康はその余裕を与えなかった。

「全軍出撃。矢田川を渡ってあの小山に移動せよ」

自ら本隊六千をひきいて小高い山（現在の御旗山《みはたやま》）の上に本陣を移し、井伊直政の赤備え三千を檜ヶ根攻めに向かわせた。

直政の赤備えは、武田の遺臣たちによって編成されている。彼らは武田家の面目をかけて猛然と檜ヶ根に攻め上がった。

堀秀政の軍勢もさすがに強い。

両者は半刻（約一時間）ばかり激戦をくり返したが、先に崩れたのは陣構えがととのっていない堀勢だった。

今のうちならまだ助かる。秀政はそう判断し、家康が本陣をおいていた色金山に向かって脱出を敢行したのである。

家康は散乱した堀勢の旗を集めて檜ヶ根に立てさせた。

こうしておけば引き返してきた池田、森勢は、秀政がここに布陣してにらみを利かせていると思うにちがいなかった。

ほどなく白山林を攻めた水野、大須賀の先陣五千が合流した。

「大将の秀次は取り逃がしましたが、敵の半数は討ち取り申した」

弾薬も確保したと、康高が不敵な笑みを浮かべた。

「これから康高は手勢をひきいて南に向かい、長久手の西の森にひそんでおけ。頃合いになったなら、敵に横矢をあびせよ」

辰《たつ》の刻（午前八時）を過ぎた頃、池田、森勢が長久手にもどってきた。

恒興は家康の本陣から四半里（約一キロ）ほど南東にある丘に二千の兵をおいて本陣とし、右に嫡男元助《もとすけ》、次男輝政《てるまさ》の兵四千、左に娘婿の森長可の三千を配した。

これに対して家康は左に水野勢三千、右に井伊直政の三千を配し、自身は三千の兵をひきいて後詰めの位置についた。

対峙《たいじ》する戦力は九千対九千だが、堀秀政勢三千が家康勢の背後にいるのだから我らが有利だ。恒興は檜ヶ根にひるがえる堀家の旗を見てそう判断した。早く白山林の本隊に合流しなければという焦りもあり、正面から徳川勢を突破する策を取った。

家康は水野、井伊勢を出してこれに当たった。

そして激突する先陣の後方から遠矢を射かけ、敵の後陣に裏崩れを起こさせた。その時、西側に伏せていた大須賀勢が森勢に襲いかかり、長可を討ち取って総崩れにさせた。

これを見た元助、輝政は本陣まで後退して態勢を立て直そうとしたが、勢いに乗った徳川勢に追撃され、恒興、元助が敗死して池田勢は壊滅した。

〈敵先勢《さきぜい》池田勝入《しょうにゅう》（恒興）父子、森武蔵守、その外一万五千余討捕候〉（『家忠日記』）

二万五千の敵のうち一万五千を討ち取る、信じ難いほどの大勝利である。

本能寺の変から一年十ヶ月――。

家康は八万以上もの軍勢を擁する秀吉に真っ正面から立ち向かい、鮮やかな采配によって痛撃を加えることで、実戦においては圧倒的に強いことを証明した。

それと同時に、信長の遺志を受け継ぎ新しい天下を築く意志と力量があることを、万人に示したのである。

それは秀吉との熾烈な戦いと、欣求浄土をめざす果てしなき旅路の始まりでもあった。

（第七巻につづく）

解説——長江《ちょうこう》は、おもむろに楚《そ》へと向かう

島内景二

富士には月見草がよく似合うように、歴史には大河小説がよく似合う。ただし、大河小説らしい大河小説には、なかなか巡り合えない。

たとえば、意欲的に長篇小説を次々に発表している小説家がいたとする。その作品は、一作ごとに強力で独自の磁場を張り巡らせているので、自己完結している。そのため、長篇小説群が、一つの統一性を保つことはむずかしい。

また、別の小説家の場合には、次々と刊行される長篇小説群が同じようなテーマで、着実に先へ進んでゆくのだが、一冊ごとに小説のタイトルと登場人物が変わるので、これまた統一感に乏しい。

これらを全部まとめて一つの大河小説で書いたのならば、プルーストの『失われた時を求めて』を上回る、途方もない近代文学の金字塔が、この日本で打ち立てられるだろうに、と残念な気持ちになることがある。

逆に、巻数からみて大河小説と呼びうる作品であっても、テーマや作風が作者個人の問題意識に終始していて、広汎な読者層を獲得できていない場合もある。

その点で、徳川家康を描く歴史小説は、大河小説になりやすい。金山というか埋蔵量の豊富な金脈である。家康に関する大長篇と大河小説が、いくつも存在するゆえんである。それだけ、徳川家康という人物が、日本人の、あるいは人間の生き方の普遍的な姿を示しているのだろう。

歴史小説の分野での「大河小説」の金字塔は、いくつかある。中里介山《なかざとかいざん》の『大菩《だいぼ》薩峠《さつとうげ》』は、文庫で全二十冊。白井喬二《きょうじ》『富士に立つ影』は、文庫で全十冊。そして、山岡荘八《そうはち》の『徳川家康』は、文庫で全二十六冊もある。

それでは、「長篇小説」と「大河小説」の違いは、どこにあるのか。その答えは、「時間」の違いである。たとえば、安部龍太郎の作品で言えば、『信長燃ゆ』は長篇である。長篇ではあるが、冒頭から末尾まで、張り詰めた緊迫感で満たされている。

読者は手に汗を握って信長の死という「悲劇」の本質に迫ってゆく。謎解きの興味もあり、アドレナリンの分泌が止まらない。夢中になり、あっという間に読み終わって感じるのは、超一流の「短篇」を読んだ時の感動に近い。凝縮された時間が流れている。まさに、「一炊《いっすい》の夢」である。隆慶一郎《りゅうけいいちろう》の『影武者徳川家康』も、緊密な構成のミステリーであり、大河小説特有の「ゆったり」感とは異なっている。

大河小説の場合には、たとえ武士たちが命を捨てる覚悟で臨んでいる合戦の場面を読んでいても、不思議な安心感がある。なぜならば、作品の中の時間がゆっくりと流れているので、読者もまた、作品の中で家康や家臣団と共に、同じ空気の中を生きているからである。生きている自分の分身である作中人物が死ぬはずはない、という安心感、あるいは信頼感なのだ。もし、登場人物が討ち死にしても、読者の心の中では永遠に生き続けることがわかっているので、緊迫した場面を読みつつ、どっしりと構えていられるのだ。

大河小説を読み終わると、読者は主人公と一緒に、「一生分《いっしょうぶん》」の人生を体験できる。封建社会と近代社会の双方を体験した福沢諭吉は「一身《いっしん》にして二生《にしょう》を経る」と言ったが、家康の家臣団の人生も加えれば、読者は「数百の生」を体験できる。

「一炊の夢」ではなく、「永遠の現在」とでも言おうか。バーチャルではなく、他人の人生をリアルに体験できる装置。それが、大河小説である。だからこそ、読者の人生を変えられるし、読者の生きている時代を大きく方向転換させることも可能なのである。

「家康もの」の強みは、「徳川四天王《してんのう》」をはじめとする、個性豊かな家臣団の存在である。「顧問団」と呼ぶべき異能の人々にも恵まれた。家康を中心とする人間関係のネットワークは、縦横無尽に張り巡らされており、サイド・ストーリーやアナザー・ストーリーなどの「スピンオフ」にも事欠かない。

とはいえ、当然のことながら、長ければ良いわけではない。読者に支えられ、熱く迎えられてこその大河小説である。大河小説が成功するかしないかの基準は、読者から得られた支持の多寡《たか》である。「熱く迎えられる」とは、読者が作品の中に入り込んで、十二分に生きた、という満足感を感じられた、ということである。

山岡荘八『徳川家康』は、一九五〇年から六七年まで、新聞に連載された。サンフランシスコ平和（講和）条約の前年から、東京オリンピックの約三年後までである。この激動の世界情勢の中で、日本は敗戦の瓦礫の中から立ち直って、経済復興を成し遂げた。「平和」と「経営」を求める読者層に熱狂的に迎えられ、今もなお読み継がれている。その成功は、『大菩薩峠』や『富士に立つ影』を大きく引き離している。「山岡家康《やまおかいえやす》」と肩を並べるのは、吉川英治の『新・平家物語』と『私本太平記』であろうか。吉川も、戦後日本の平和と家族愛の必要性を見つめ続け、今日もその意義は色褪せていない。

山岡荘八の『徳川家康』が、戦後の日本社会と経営者に指針を提供したとすれば、安部龍太郎の『家康』は、グローバリゼーションに覆われた二十一世紀の世界情勢を踏まえ、「世界の未来に向けて、日本は何ができるか」を問う、壮大なテーマを設定した。安部の『家康』を読んでいると、自然と世界地図が頭の中に浮かんでくる。世界の中の日本、日本の中の三河・甲斐。そうすると、「日本の中の都＝天皇制」というものが、見る見る相対化されてゆく。「安部版家康」、略して「安部家《あべいえ》康《やす》」の視野は、限りなく広い。これは、「山岡家康」にはなかったものである。

幻冬舎文庫に収められた『家康』は、本書で六冊目である。十九歳の初陣から書き始められたが、現時点では、まだ四十三歳。「小牧・長久手の戦い」がいよいよ始まったばかりである。このあと、家康は、数えの七十五歳まで生きる。「安部家康」という大河を、読者はどこまで下ってきたのだろうか。そして、これからどのように流れてゆくのだろうか。

大河の源流は、一滴のしずくから始まる。上流では細流なるがゆえに急流を形成し、時として、滝となってなだれ落ちる。少しずつ、支流の水を増やしてゆき、中流の湖でいったん、流れを停止させることもある。そして、湖から流れ出てからは大河となり、悠然と流れてゆく。そして、下流では人々の生活をうるおし、河口を見つけて大海へと注ぎ入る。大海では海流に乗って、世界のすみずみへと、はてしない旅を続けながら、誕生以来、通過してきた源流・上流・中流・下流での人々との触れ合いを懐かしく思い出す。

ところで、安土桃山時代に、『岷江入楚《みんごうにつそ》』という書物が著されている（一五九八年）。天下分け目の関ヶ原の二年前だった。その内容は、中世、すなわち、鎌倉時代と室町時代、さらには安土桃山時代に書かれた『源氏物語』の膨大な研究書の集大成である。著者は中院通勝《なかのいんみちかつ》という公家だが、彼は細川幽斎の弟子である。日本文学における最大の大河小説である『源氏物語』の受容史には、深く細川幽斎も関わっていた。幽斎は、安部龍太郎の『関ヶ原連判状』の主人公であるし、この『家康』にも登場する。

幽斎は、『古今和歌集』などの古典文化を継承する重要な儀式である「古今伝《こきんでん》授《じゅ》」を受けた大文化人であり、中世における『伊勢物語』などの研究書を集大成したが、天下の政道に忙殺されたため、大部の『源氏物語』の研究書をまとめるだけの十分な時間がなくなり、弟子の中院通勝に託したのである。

この『岷江入楚』というタイトルには、深い意味が込められている。日本文化史上で細川幽斎が占める位置が、このタイトルに示されている。幽斎は、日本文化が上流から中流へと差しかかる地点に位置する「巨大な湖」だった。

「岷江《みんこう》」は、かつては長江(揚子江《ようすこう》)の源流と考えられていた川である。「濫觴《らんしょう》」という言葉があり、物事の始まりを意味している。長江の源流も、「觴《さかずき》」を「濫《うか》」べることができるほどの細流にすぎない、という意味である。『源氏物語』は、鎌倉時代の初めに藤原定家《ていか》が研究を開始した。これが「濫觴」である。その細い流れが、幽斎の出現によって大河となった。岷江は、楚という国に入ると大河へと姿を変えるのである。

日本文化は、中世という時代に奇蹟的な開花と結実を見た。その濫觴に位置するのが藤原定家であり、岷江が流れ下って楚に入って大河となったのが、細川幽斎の時代だった。幽斎は、中世という時代の文化を総括した。そして、長江は海を目指して流れ続ける。楚に入った岷江は、大河となって、中流、そして下流へと向かう。それを引き受けて、新しい時代を切り拓いたのが、家康だった。

川は、どうして大きくなるのだろう。たくさんの支流から水を集めたからである。山は、なぜ高くなるのか。どんな土であってもたくさん集めて積み上げたからである。人は、どうすれば大きくなるのか。

「岷江入楚」という言葉は、日本文化史の中で細川幽斎の占める位置を象徴するものだったが、「安部家康」を読むと、日本史の中で占める徳川家康の位置を示しているのだと思われてくる。家康は、中世から近世へとさしかかる時期を生きた。その大きな人間性は、巨大な湖にも喩《たと》えられる。巻を追うに連れて、彼の心は大きくなる。どのようにして家康は大河となりえたのか。

桶狭間の合戦で死を覚悟した家康に、「ここで死んだと胆《はら》をすえて、一歩でも半歩でも理想に近付く努力をしたらどうだ」と叱ってくれた大樹寺の登誉上人《とうよしようにん》と出会ったこと。また、理想社会の建設を誓い合った盟友である信長がこの世から抹殺された本能寺の変の真相を知り、世の中を動かす仕組みとエネルギーを見抜いたこと。

世界を変えるためには、まず、自分の意識を変えなければならない。世界を変えるためには、透徹した世界認識を持つ必要がある。「安部家康」は、読者の歴史認識と世界認識を一変させる。

安部文学は、短篇小説集『血の日本史』を源流とする。上流には、『信長燃ゆ』『天馬、翔ける』などがあり、それらを流入させ、憩わせた湖として、『等伯』があった。この作品で直木賞を受賞したのは、それまでの安部文学の総決算だったからである。

今、この六冊目を迎えた「安部家康」によって、安部文学は岷江が楚に入る直前まで来たことになる。このあとも家康の戦いは続く。安部が家康の生き方を通して見出した行動指針は、いつの時代にも有効なはずである。江戸時代の天下泰平があり、幕末の動乱があり、明治の文明開化があり、大正デモクラシーがあり、敗戦があり、高度経済成長があり、オイル・ショックがあり、バブル経済があり、失われた二十年があり、ＩＴ化とグローバリゼーションの時代、そしてコロナの時代がある。いつの時代にも必要とされる行動指針を、「安部家康」は読者を巻き込みながら提示してくれる。

安部文学の「濫觴」は『血の日本史』だったが、そのテーマは「手の届かないものへの渇き」だと私は思っている。源平の武将、南北朝の武将、戦国時代の武将、幕末の志士たち。彼らは「理想の国家」を作り出したいという夢と志を持ちながらも、夢かなわず、巨大な運命の壁の前に敗北した。その「壁」は、天皇制と深く関わっていた。

戦国乱世の群雄割拠の中から、「天下人」として三人の英傑が出現した。織田信長・豊臣秀吉・徳川家康である。この三人が活躍した時代は、南蛮貿易により、日本がかつてないほど世界に向けて開かれた時代だった。逆に言えば、天皇制にとっては、最大の危機の時代だった。そして、細川幽斎が大輪の花を咲かせて摘み取った「中世文化」は、新たな「近世文化」へと、大きく姿を変えようとしていた。

「安部家康」は、本巻で、「信長と家康」の第一期を終え、「秀吉と家康」という第二期に差しかかろうとしている段階である。さらに、第三期と続いていく。安部家康という川が、「厭離《おんり》穢土《えど》欣求《ごんぐ》浄土《じょうど》」という河口にたどりつき、万民が心の渇きを感じることなく、平和に生きられる世の中という大海へと注ぎ入るためには、まだ長い旅路が必要である。

天下泰平。そして、人々の無病息災。ある意味で平凡な、この理想社会を実現するほど、困難なことはない。言わば、読者が安心して身を委ねられる大河小説が、ありそうで存在しないことと似ている。今でこそ大河の河口は固定しているが、最初の流れが、海へと注ぎ入る河口を見つけるのは容易ではなかったはずだ。

安部の考えでは、「天下泰平」や「無病息災」を心から願う志を持つ者のみが、「天下人」となりうる。天下人たる器量は、「厭離穢土欣求浄土」にある。私利私欲でつかみ取った天下の末路ほど、悲惨なものはない。河口を見つけられなかった大河は、大洪水を起こして人々を苦しめるだけだ。そのことを、これからの秀吉は、反面教師として、見せつけるのだろうか。

かつては、どんなに願っても永遠に手の届かなかった願い。それが、あと少しで手が届きそうになったり、手をかすめた瞬間につかみ損ねたり、一度は夢を叶えながらあっという間に失《な》くしたり、失くした願いをもう一度つかみ取ったり、自分がやっとの思いで実現した願いをどのように次の世代に伝えるかで悩んだりする。そういう人間の「業《ごう》」を、「安部家康」は見つめ続けるのだろう。

「安部家康」という大河の特徴は、いくつかある。信長の志が「律令制」に基づいた新しい国家の樹立を願っていたとする視点は、新しい。安部が嫌うのは「私利私欲」にまみれた政治であり、「私利私欲」のための天下取りを目指す人間である。その対極に信長がいて、信長の遺志を継ぐ家康がいる。

信長は、土地と領民の私有を否定し、すべてを中央政権が管理するやり方を模索した。それが、天皇制を守ろうとする近衛前久《このえさきひさ》たちの前に挫折する。しかし、家康は、信長の遺志を継ぐために、あえて信長を屠《ほふ》った前久とさえ手を組む。

人間は弱い。人間は醜い。けれども、人間の弱さや醜さを、自分自身の弱さや醜さとして引き受ける覚悟が、家康を成長させる。家康と一緒に、作者も、そして読者も成長する。これが、大河小説の醍醐味である。

また、家康とお市の方との交流には、腰を抜かすほど驚いた。男たちと同様に、いや、男たち以上に苛酷な「戦場」に、戦国武将の家に生まれ合わせた女たちは出陣させられる。何度も政略結婚を繰り返し、二度も三度も戦場に向かわされる。その中で、「恋」という自分だけの幸福に、一瞬だけひたった家康とお市の方の姿は、切ない。お市の方が家康に送った和歌は、心に沁みる。

さらには、イエズス会とクリスタン大名との関係。これらは、安部の構想力の所産であり、「安部家康」の「自由領域」だと言える。

これらの新機軸・新視点を、最新の知見を盛り込んだ歴史文献が補強してゆく。これらは、歴史が確定した「動かせない領域」である。ただし、「歴史文書」には、後世の人々の目を欺くための「偽書・捏造」が大量に交じっていることも、安部の冷徹な目は見抜いている。歴史資料の何を用い、何を捨てるか。これは、歴史家よりも、文明史家の領域であろう。

安部は若い頃から、文明史家として司馬遼太郎を超えることを願って、歴史と文明を見る目を鍛えてきた。それが、「安部家康」に結実している。

構想力の自由領域と、歴史の動かせない領域が、経糸《たていと》と緯糸《よこいと》となって、「安部家康」という織物を、空前の壮大さで織り上げてゆく。「安部家康」は、ここまで来た。そして、これからも、この巨大な美しい織物を鋭く切り裂くようにして、大河小説という舟は川を下ってゆく。

大河小説には、徳川家康がよく似合う。そして、安部龍太郎には家康が似合う。

――国文学者

本作は左記の新聞に連載された「家康　知命篇」に加筆・修正した文庫オリジナルです。

上毛新聞　秋北新聞
大阪日日新聞　北國新聞
茨城新聞　東奥日報
岐阜新聞　室蘭民報
釧路新聞　長崎新聞
佐賀新聞　新潟日報
山陽新聞　日本海新聞
静岡新聞　福島民報
四国新聞　（順不同）

幻冬舎文庫

●最新刊
満洲難民
北朝鮮・三八度線に阻まれた命
井上卓弥

一九四五年八月、ソ連軍の侵攻から逃れるため、満洲から多くの日本人が北朝鮮に避難。地獄の難民生活を強いられた。国はなぜ彼らを棄てたのか。「戦後史の闇」に光を当てた本格ノンフィクション。

●最新刊
聖者が街にやって来た
宇佐美まこと

人口が急増する街で花屋を営む桜子。十七歳の娘が市民結束のために企画されたミュージカルに出演することに。だが女性が殺される事件が発生。不穏な空気のなか、今度は娘が誘拐されて……。

●最新刊
銀河食堂の夜
さだまさし

ひとり静かに逝った老女は、愛した人を待ち続けた昭和の大スターだった(「初恋心中」)。……謎めいたマスターが旨い酒と肴を出す飲み屋を舞台に繰り広げられる、不思議で切ない物語。

●最新刊
ディープフィクサー 千利休
波多野　聖

茶室を社交場に人脈を築き、芸術家としての審美眼で武将たちの器を見抜く。茶会で天下泰平のビジョンを見せつける。豊臣秀吉の陰の軍師・利休にとって、茶室は、戦場(ビジネスの場)だった。

●最新刊
雨上がりの川
森沢明夫

不登校になった娘の春香を救おうと、怪しげな霊能者に心酔する妻の杏子。夫の淳は洗脳を解こうと心理学者に相談するが……。誰かの幸せを願い切に生きる人々を描いた、家族再生ストーリー。

家康《いえやす》（六）

小牧《こまき》・長久手《ながくて》の戦《たたか》い

安部龍太郎《あべりゅうたろう》

令和2年12月10日　初版発行
令和5年5月20日　6版発行

発行人――石原正康
編集人――高部真人
発行所――株式会社幻冬舎
〒151-0051東京都渋谷区千駄ヶ谷4-9-7
電話　03(5411)6222(営業)
　　　03(5411)6211(編集)
公式HP　https://www.gentosha.co.jp/
印刷・製本―中央精版印刷株式会社
装丁者――高橋雅之

幻冬舎時代小説文庫

ISBN978-4-344-43041-9　C0193　あ-76-6